ラルーナ文庫

二百年の誓い

～皇帝は永遠の愛を捧げる～

宮本れん

三交社

CONTENTS

Illustration

タカツキノボル

二百年の誓い

～皇帝は永遠の愛を捧げる～

本作品はフィクションです。
実際の人物・団体・事件などにはいっさい関係ありません。

ガラスのカーテンウォールを通して、夏のはじまりを告げる眩《まばゆ》い光がシャワーのように降り注ぐ。爽《さわ》やかな空気に目を細めながら三倉歩《みくらあゆむ》は足を止めた。

なんて清々《すがすが》しい一日のはじまりだろう。

こんな日は、なにかいいことが起こりそうな気がする。

「リクエストが全部通ったりして」

真っ先に現金なお願いが頭に浮かび、歩は思わず苦笑した。

寝ても覚めてもそのことばかり考えているせいだ。今朝《けさ》なんて、願いが叶《かな》った夢を見て「やったー！」と両手を挙げたところで目が覚めた。まるで子供だ。

――でも、正夢になるといいな。

そんなことを思いながら広い館内をぐるりと見渡す。

ここは歩にとって職場であり、大好きな場所のひとつだ。歩が東京ナショナル美術館で学芸員《キュレーター》として働きはじめて三年が過ぎ、四度目の夏を迎えようとしていた。

小さな頃から絵を描くのが大好きで、それに没頭している間は母親に「ご飯よ」と声をかけられても気がつかないような子供だった。一度のめりこんでしまうと周りの音が聞こえなくなるのは今も同じだ。

そして、絵を描くのと同じくらい、絵を見るのも好きだった。絵画鑑賞が趣味の両親の影響もあったかもしれない。自宅の本棚にずらりと並んだ画集や図録を絵本代わりに眺めて育った歩は、ごく当たり前のようにこの道を選んだ。

大きくなるにつれて、作品を『作る側』から『見せる側』へと興味が移ったのも、今にして思えば自然なことだったのかもしれない。自分が美術館の一員になってみてはじめて展覧会を開催することの大変さと、それを上回るよろこびを日々実感している。ただ作品を見ていた頃には想像もしなかったことだ。それだけ『見せる』ことの舞台裏には公にはならない、けれどたくさんのドラマがある。

もう少しだけこの空間に浸っていたくて、歩は壁際の長椅子《ながいす》に腰を下ろした。

今はまだ静寂に包まれている館内も、あと一時間もすれば来場者たちで賑《にぎ》わうだろう。

そんな人々を最初に迎えるのが左手に見えるウォールバナーだ。インフォメーションを曲がってすぐ、真っ先に目に飛びこんでくるように天井から吊《つ》るされた大看板は、展覧会の案内であると同時に歩の憧《あこが》れの象徴でもあった。

キュレーターたるもの、いつか自分が提案した企画展を開催したいという思いがある。企画力や集客力を問われるため決して簡単なものではないが、それが叶った暁にはあんなふうに大きなバナーを掲げ、多くの人に自分が推す作品の素晴らしさを伝えることができるのだ。研究者としてこれ以上誇らしいことはない。

そんな歩も、キュレーターを志した最初の頃は企画展がなにかもよくわからなかった。

実際、一口に『企画展』と言っても様々だ。

たとえば『ルーブル美術館展』のように、名だたる美術館の作品を並べる新聞社主催の大規模な巡回展や、『狩野《かのう》派展』のように流派の変遷に焦点を当てたもの、画家の生誕百年などの節目に合わせた記念展など、それぞれ特定のテーマに基づいて行われる。

こうした企画展は、企画を通した本人がメイン担当、もうひとりがサブ担当としてふたり態勢で準備を行う。歩も今、とある展覧会のサブ担当として二年後の開催に向けて準備をしているところだ。

歩は鞄《かばん》から一冊の文庫本を取り出し、ぱらぱらと捲《めく》った。今度の展覧会の主人公である作家の生きた時代を知る上で、参考になればと読み返しているものだ。

「華やかにして激動の帝政時代。貧しさに喘《あえ》ぐ農民から時の権力者まで、ありとあらゆるものをキャンバスに描き留めた画家――」

稀代《きだい》の逸材と呼ばれたイワン・グラツキーは、歩がサブ担当を務める企画展『イワン・グラツキー展』の主人公であり、子供の頃から画集で親しんできた画家のひとりだ。

身分が人の価値と呼ばれた時代。人間の内面を暴き出すような鋭い観察眼と高い写実性、巧みな表現力を武器に、腕一本でのし上がった人だ。そこには美醜を越えたなにかがあり、とりわけ皇帝の肖像画には魂が宿っているように見えるほどだった。

昔から、グラッキーの絵だけは他と少し違って見えた。自分を強く惹《ひ》きつけて止《や》まないなにかがあり、メイン担当の相羽志郎《あいばしろう》ともその話で意気投合したものだ。

「相羽さん、学生の頃からグラッキーが好きだったって言ってたもんなぁ」

今回の企画展の構想期間たるや、実に八年。やっと夢が叶うとくり返し語る相羽の顔を思い浮かべながら歩はそっと頰《ほお》をゆるめた。

相羽は、歩の教育係をしてくれた先輩でもある。とても優秀な人なのに、好きなものの話になると止まらなくなるような一面もあり、歩もグラッキーの絵が好きだと知るや両手を握り締めながらよろこんでくれたものだった。

「あんなバナーなんて掲げたら、相羽さん感動で泣いちゃうかも」

涙もろい自分もきっとその隣で泣いているだろう。なんだか気恥ずかしいような、でもやっぱりうれしいような。初日が待ちきれない思いで歩は二年後に思いを馳《は》せた。

展覧会は、グラッキーの没後二百年を記念して開催される。

彼の生まれ故郷であるルーシェは広大なユーラシア大陸の北側を大国ロシアと二分する西側の国で、かつては中欧のみならず、西欧、さらにはイスラム諸国にまで名を轟《とどろ》かせた一大帝国だったという。

本来であれば、記念展は本国で行われてもおかしくないものだったが、作品を収蔵しているルーシェ美術館の一部が改装工事に入ることや、別の大きな企画とバッティングした事情なども重なって、ありがたいことに先方から作品貸し出しの許可が出た。

今はこちらから借りたい作品のリクエストを出し、先方の回答を待っているところだ。すべてが認められるかはわからないけれど、日本ではじめてまとまった数の作品を迎えて開く、かつてない展覧会になるだろう。それをこの手で作り上げるのだ。

「楽しみだなぁ」

わくわくと胸を高鳴らせながら目を閉じた、その時だった。

――パチン。

「あ…」

頭の中でスイッチが入る。

それと同時に、目の前の景色がガラリと変わった。

正確には、頭の中で勝手に映像再生がはじまったと言うべきか。それはもう何度も見た、けれど一度も訪れたことのない異国と思《おぼ》しき風景だった。

今、目の前では大河が悠々と流れている。今にも溶け落ちそうな真っ赤な夕日が対岸にある大聖堂の尖塔《せんとう》に架かろうとしていた。

空は刻一刻と明るさを手放し、透き通った藍《あい》色のグラデーションがすべてを覆い尽くしていく。世界の終わりのような景色の中、鎮魂とも思える鐘が、ゴーン、ゴォーン……と重々しく響き渡った。

こんなふうに、そこにあるはずのないものが見えたり、音が聞こえたりすることが時々ある。

内容は毎回決まって同じなので、もしかしたらテレビの映像や映画のワンシーンを無意識のうちに頭の中でくり返してしまっているのかもしれない。それでも、この映像を見るたびにこみ上げるどうしようもない寂しさや焦燥感といった感情は何度経験しても慣れることがなかった。

自分の中でなにかが共鳴しているような不思議な気分だ。知らないもののはずなのに、どこか懐かしく、なぜか切ない。

再生が終わったのを確かめて歩は静かに深呼吸をした。

「……ふぅ」

毎度のことながら難儀なものだ。それでもこれといった害もないため、こういうものと割りきってつき合っていくしかないだろう。

「さて。それより仕事！」

自分の背中を押すつもりで声に出すと、勢いをつけて立ち上がった。

明日から楽しみにしていた夏期休暇に入る。いよいよ憧れの地ルーシェへ旅に出るのだ。心おきなく休むためにも、できるだけ仕事を片づけておかなければと気合いを入れながら歩はエレベーターに向かって歩きはじめた。

東京ナショナル美術館は、波打つガラスのカーテンウォールが特徴的な建物だ。

地上三階の各階には展示室やカフェ、最上階にはアートライブラリーや研修室を備え、地下一階にはミュージアムショップも設けられている。特に三階のフレンチレストランは展覧会とのコラボメニューが人気で、ＳＮＳでもよく話題になっていた。

二年後のグラッキー展ではどんなメニューが出されるだろう。どんなウォールバナーが掲げられ、そしてどんなオリジナルグッズが販売されるだろう。

そんなことを考えている間に、職員用のエレベーターが三階へと到着する。下りてすぐ目の前にあるのが歩の職場である事務室だ。

「おはようございます」

ドアを開けると、何人かは図録や資料に埋もれながらすでに仕事をはじめていた。

「あ、三倉くん。おはよう！」

声をかけてきたのは館長の八重《やえ》だ。

年齢で言えば母親と同世代だろうか。エネルギーにあふれた人で、重役ながらちっとも偉ぶったところがなく、さっぱりと明るい質《たち》で皆から慕われている。そんな性格は洋服の好みにも表れるらしく、黄色やピンクの服を纏《まと》ってにこにこと笑う彼女はいつ会っても気持ちをパッと明るくしてくれた。

そんな八重が、今朝は特別うれしそうな顔をしている。

「おはようございます。八重さん、なにかいいことあったんですか？」

「あったあった。グッドニュースよ。だから相羽くんに早く教えてあげようと思って」

「相羽さんに？」

今日の見回り担当である彼は今頃、一階の展示室にいるはずだ。

展示品や環境に異常がないかを開館前と閉館後に見て回る係のことで、展覧会の担当者に限らず、毎日持ち回りでチェックすることになっている。

その相羽に、わざわざ知らせにいくほど良いことがあったと言うのだ。

「三倉くんにとっても良いニュースだから」

「え？　ぼくにもですか？」

なおさら詳しく教えてほしかったのだけれど、待ちきれない八重が「じゃあね」と手をふって行ってしまったので、あとから相羽に聞くことにして歩は自分の席に着いた。

パソコンを起動して出勤処理を行い、いつものようにメールソフトを立ち上げる。

受信トレイには、ルーシェ美術館のキュレーターであるニコライからのメールが届いていた。グラッキー展に向けて、メイン担当の相羽との間で行われているやり取りが八重や歩にも情報共有されているものだ。

文面を見るなり、歩は「わっ」と声を上げそうになった。

いや、自分ではこらえたつもりでいたけれど、なぜか周りがいっせいにこちらを見た。

「おいおい、三倉くん。声出てる」

「えっ」

目の前に座る高石《たかいし》が笑いながら話しかけてくる。

八重とは長いつき合いだという彼女もまたベテランのキュレーターで、おっとりとした性格ながら仕事はバリバリこなし、学会誌に論文をいくつも載せては研究分野を牽引《けんいん》してきた立役者だ。

「なにかいいことあった？」

「はい。グラッキー作品のリクエスト、こちらの希望どおりに出してくれるそうです」

「あら。それはおめでとう。ふたりともずいぶん頑張ってたもんね」

「ほっとしました。相羽さんもすごくよろこぶと思います」

声を弾ませながらあらためてメールの文面に目を落とす。今日はなんとなくいいことがありそうだと思ったけれど、まさにそのとおりになった。

「聞いたぞ。通ったってな」

ポンと肩を叩《たた》かれてふり返ると、立っていたのは件《くだん》の相羽だ。

「相羽さん。もう見回り終わったんですか？」

「いや、八重さんに追い出された。『あとはやっとくから早く返事出してこい』って」

「えっ！　八重さんが見回り交代してくれてるんですか？　館長なのに？」

ふたりのやり取りを聞いていた高石がまたも噴き出す。

「相羽くん、何年も『グラッキー展やりたい。グラッキー展やりたい』って言い続けてたもんね。ずっとそれを見てたから、八重さんもうれしくってしょうがないんだと思う」

「ありがたいことです」

相羽はにっこりと微笑《ほほえ》みながら歩の隣の席に着いた。

低身長と童顔があいまって、いまだ高校生に間違えられることもある歩とは対照的に、相羽はすらりとした長身と甘いマスクで周囲の視線をほしいままにしている。女性職員の人気を集めるだけでなく、彼を目当てに通ってくるアートファンまでいるそうだ。

それを聞いた時には驚くと同時に妙に納得もしたものだけれど、彼をよく知る人間からすれば、その内面こそ知ってもらいたいと思ってしまう。

こんなに仕事熱心で、面倒見のいい人はいない。

なにより彼はイワン・グラッキーを、そして画家を輩出したルーシェという国を愛し、多くの人に知ってもらいたいと情熱を燃やしている。それをずっと傍《そば》で見てきた。

「相羽さんが特にこだわってた作品、たくさん迎えられますね。文豪の肖像シリーズも、ルーシェ叙事詩も、皇帝の肖像画だって全部、ここに飾れるんですね」

「あぁ……。想像しただけで、ちょっとこみ上げるものがあるよな」

相羽ははにかみながらも感慨深げに目を細める。

「俺、学生時代にはじめてグラッキーの作品を見た時のこと、今でも忘れられないんだ。キャンバスに描かれたモデルの目を通してこっちの腹の中を探られてるみたいな、考えを見透かされてるような、すごく落ち着かない気分になった。あんなのは他にない。自分の中に、知らない自分がいるみたいだった」

「知らない自分が……。そういえばぼくも、昔からグラッキーの絵だけは他と違って見えました。魂が宿ってるみたいだなって、皇帝の肖像画は特に」

「俺もそう思う。ドミトリエフ美術館にある皇太子の肖像画もきっとそうなんだろうな。状態がひどくなければこの目で見たかったんだが……」

彼の言うように、コンディションに問題がある作品は、少しでも劣化を遅らせるために一度も展示されないまま保管に徹するケースもある。希望どおり作品を借りられるというのはほんとうにありがたいことなのだ。

「三倉が頑張ってくれたおかげだな」

「いいえ、相羽さんの交渉の賜ですよ。ぼくも早く、相羽さんみたいになりたいです」

そしてもっと支えたい。憧れの先輩から「おまえにならら任せられる」と言ってもらえるようになりたい。

そう言うと、相羽は「うれしいこと言ってくれるなぁ」と笑いながら手を伸ばしてきて歩の髪をわしゃわしゃとかき混ぜた。

「わあぁ！　ちょっと！　相羽さん！　せっかく寝癖直してきたのに」

「ははは。ボサボサでもおまえはかわいいよ」

眩《まぶ》しいほどの笑顔を向けられ、思わず「うっ」と言葉に詰まる。同じ男の歩でさえ一瞬フリーズしてしまうほどなのだ。女性はさぞかし大変だろう。

「イケメンの破壊力っていうのはすごいんですねぇ……」

「おまえもあいかわらずおもしろいな」

くすくす笑われながらメールチェックを終え、回覧書類に目を通すと、ふたりは揃《そろ》って席を立った。

今日は、月に一度の企画会議の日だ。

数年先を見越した企画展のアイディアを持ち寄り、企画意図や作品、集客などについて各自プレゼンテーションを行う。これをクリアしてはじめて自分の企画展ができるだけに、とても気合いが入る会議だ。歩も「いつか自分も」と意気込むうちのひとりだった。

頭の中であれこれと思いを巡らせていると、なぜか隣を歩く相羽に笑われる。

「緊張してるな」

「そ、そう見えます？」

「あぁ。ガチガチになってる。そういうとこが放っておけないんだよな、おまえは」

先に立ってセキュリティのドアを開けながら、相羽はひょいと肩を竦《すく》めた。

「そういえば、旅行の方の準備はどうだ？　明日から行くんだろ？」

「あ…、はい。問題なくビザも下りましたし、あとは出発するだけです」

　美術館という性質上、職員は交代で休暇を取ることになっている。お互いの都合を擦り合わせた結果、先に相羽が、次に歩が休むことになった。せっかくの機会なので二年後に迎えるグラッキー作品を現地で堪能《たんのう》することにしている。

「実家の法事さえ入らなきゃ、俺も一緒に行ったのになぁ」

「ルーシェ美術館は相羽さんにとっても思い入れのある場所ですもんね。でも、休みの日までぼくと一緒なんてつまらないでしょう」

　休暇こそ仕事を離れて楽しむべきだ。

　まぁ、休みの日まで企画展の予習をしようという自分が言っても説得力はないけれど。それ以前に、コンビで休んだりしたら仕事が止まる。そして八重に怒られる。

　苦笑で返す歩に、なぜか相羽は意味深に目を細めた。

「俺は三倉と一緒ならうれしいけど。おまえの意外な一面も独り占めできる」

「相羽さんたら。ぼくにまでリップサービスしてたら疲れちゃいますよ」

「……おまえはほんと、初心《うぶ》というか、鈍いというか……」

　ため息をつくのを首を傾《かし》げて見上げると、相羽はやれやれと眉根《まゆね》を下げた。

「まぁ、そういうのもおまえの良いところだよな。仕事熱心な後輩を持ってうれしいよ。

しっかり目に焼きつけてこいよ」

「はい！　お土産《みやげ》も買ってきますね」

「気を使うなって。その分、図録や資料山ほど買ってこい」

「もう。相羽さんこそ仕事熱心じゃないですか」

「現地でしか手に入らないものもたくさんあるだろう。見たいに決まってる」

「おっしゃるとおりです」

顔を見合わせてくすりと笑う。

会議がはじまる雰囲気を察して部屋に滑りこんだ歩は、知らぬ間に緊張が消えていることに気がついた。相羽がリラックスさせてくれたおかげだろう。これもきっと「プレゼン頑張れよ」という先輩の粋な計らいに違いない。

ならばと、強い気持ちとともに歩は会議のテーブルにつく。

運命の針は静かに動き出そうとしていた。


「――皆様。当機は、最終の着陸態勢に入りました」

客室乗務員のアナウンスに、歩は読んでいた本から顔を上げる。窓の外に目を向ければルーシェの大地がすぐそこまで迫っていた。

広々とした平野の遙《はる》か向こうに首都と思しき街並みが見える。きらきら輝いているのは国教会のシンボルである玉葱《たまねぎ》型のドームだろうか。写真では何度も見た、けれどこの目で見るのははじめてのことだ。

「これが、ルーシェ……」

思わず感嘆のため息が洩《も》れた。

成田を出発して中国を越え、ロシアをも越え、十時間かけてやってきたヨーロッパとの境界の国。東欧文化の影響を色濃く受けた土地でもある。

これからここで、グラッキー作品をはじめとする多くのルーシェ美術と対峙《たいじ》するのだ。現地の空気感を思う存分満喫しようと胸を高鳴らせているうちに、飛行機は軽い衝撃音とともに無事にルーシェの玄関口であるザブロニク空港に到着した。

「……ふう」

飛行機を降り、新鮮な空気を吸いこみながら歩は大きく伸びをする。

覚悟していたほど疲れを感じないのは気持ちが逸《はや》っているせいだろうか。今すぐにでもホテルにスーツケースを預けて美術館に駆けこみたいくらいだ。

保安検査場を通って到着ロビーに出ると、ツアーガイドやタクシーの客引きが大勢屯《たむろ》していた。その中からあらかじめ手配しておいた現地ドライバーと落ち合い、車に乗りこむ。上々の滑り出しだとほっとしながら歩はセダンのシートに背中を預けた。

車窓に映るのは、どれも近代的な建物ばかりだ。

皇帝の絶大な権力のもとで一大帝国を築いたルーシェも、革命によって市民が力を手にしてからは多くの街が一変した。帝政時代の負の遺産として歴史的な建造物は破壊され、代わりに社会主義の象徴とも言えるコンクリートの街並みが誕生した。

それでも、二十分も走る頃には旧市街と呼ばれるエリアに入る。

景色はガラリと変わり、数百年の時の流れを見守ってきたであろう大聖堂や教会、彫像などが道の両側に並びはじめた。車道こそアスファルトで舗装されているものの、歩道には石畳も多く残る。街には運河が張り巡らされ、観光客を乗せた船が橋を潜《くぐ》っていくのを何度も見かけた。

そんな中、不意に目の前がパッと開ける。

「わぁ！」

歩は思わず身体《からだ》を起こし、前のめりになってフロントガラス越しに景色を見つめた。

川だ。それも、とても大きな。

あれがルーシェの母なる川、ネフの流れだろう。この国に貿易による富と文化的発展をもたらしたネフ川は数百メートルもの川幅を誇り、大型船が何艘《そう》も行き交う経済の要だ。その向こうには金色に輝く大聖堂の尖塔と要塞《ようさい》が見えた。

かつて北方からの襲撃に備え、文字どおり国の最前線基地として機能していた場所だ。

今は歴代の皇帝たちが静かに眠っているという。

そんな大聖堂の尖塔に、日の光が差した時のことだった。

「……あれ……？」

いつもの映像が頭の中で再生される。けれど、戸惑ったのは発作が起きたからではない。馴染《なじ》みのフラッシュバックが目の前の景色にあまりによく似ていたからだ。

偶然の一致というには出来すぎている。

かといって、ここへ来るのははじめてのことだ。

――それならいつ、どこで見たんだろう。テレビで？　それとも映画で？

思い出そうにも記憶になく、不思議に思いながら首を捻《ひね》っているうちに車は建物の前で停《と》まった。どうやらホテルに着いたらしい。ドライバーにチップを渡して車を降りると、タクシーは瞬く間に走り去っていった。

それを見送って、歩は大きくひとつ深呼吸をする。

「さて、と」

景色のことも気になるけれど、今はなにより美術館だ。

フロントで荷物を預かってもらうと、歩はホテルの前の通りを西へ向かって歩き出した。ここから美術館までは歩いて十分ほどだ。毎日通うつもりで一番近いホテルを取ったし、日数分のオンラインチケットも押さえてある。

それでもやはり、初日の期待はいやが上にも高まるものだ。

早足で運河を渡り、遠くに見えるエメラルドグリーンの壁に胸を高鳴らせながら通りを歩く。左に大きくカーブした道を抜けた先、突如現れた空間に歩は思わず息を呑《の》んだ。

「わ、ぁ……」

広々とした王宮広場の前には、別名『孔雀宮《くじゃくきゅう》』とも呼ばれるルーシェ美術館が堂々と聳《そび》え立っている。その圧倒的な存在感と美しさを前に賞賛の言葉すら喉《のど》に閊《つか》えた。

ルーシェ美術館はかつて宮殿だった建物で、歴代の皇帝たちが国の威信を懸けて世界中から集めたというコレクションが収められている。当時は限られた人間しか見ることができなかったが、今では文化事業として広く一般に公開されるようになった。おかげで歩も作品を鑑賞することができるし、日本でグラッキー展も開けるというものだ。

「相羽さん。代わりにしっかり見てきますからね」

今頃打ち合わせをしているであろう先輩に向かって念じると、歩は入場の列に並んだ。

それにしてもすごい人だ。チケット売り場の列なんてまったく進む気配もない。世界各国から観光客が集まる美術館だけに、時には入場が二時間待ちになることもあると聞いて覚悟していたものの、事前予約のおかげですんなりと中に入ることができた。

企画展でお世話になってるニコライは残念ながら今日は休みと聞いている。明日の朝に挨拶《あいさつ》させてもらうことにして、まずは全体を把握しようと順路に沿って歩きはじめた。

真紅の絨毯《じゅうたん》が敷き詰められた白亜の大階段を上るとすぐ、金のレリーフで飾られた壁や彫像が現れる。高い天井にはオリンポスの神々が描かれ、大理石の床がシャンデリアの光を美しく反射していた。

「すごい……繊細で、なんてきれい……」

思わずため息が洩れる。

いくつもの建物から成るルーシェ美術館の展示室はざっと四百、総面積は四万平方メートルを超える。皇帝の謁見が行われた『玉座の間』や、先祖の威光を讃《たた》えた『大帝の間』など、贅《ぜい》の限りを尽くした部屋や垂涎《すいぜん》のコレクションの前に立つたびに出てくるのは感嘆の声ばかりだ。鑑賞は遅々として進まず、十年かけても見切れないと言われる意味がよくわかった。

ほんの百五十年前までここで実際に政治が執り行われ、皇族たちが暮らしていたのだと思うと感慨深いものがある。文献を通して、グラッキーが活躍した頃のルーシェについて学んできたからこそ、本物が目の前にあると思うと胸がいっぱいだ。

感無量のあまりインプットが追いつかなくなってしまった自分に苦笑しつつ、いったん気持ちを落ち着けようと近くの椅子に腰を下ろした。

何気なく目をやった先に、ふと、小さな部屋を見つける。

「へぇ。あんな奥にも展示室があるんだ」

他と比べてこぢんまりして見えるせいか、訪れる人はいないようだ。そもそもルーシェ美術館に来る人の多くは有名作品を効率的に見て回ることを最優先にしているだろうから、誰《だれ》も見向きもしないのだろう。

だからこそ、なんだか興味を惹かれた。

さっきまで胸がいっぱいになっていたのも忘れ、吸い寄せられるように近づいていく。

そろそろと中を覗《のぞ》くと案の定ガランとしていたが、驚いたことに部屋の中央には長身の男性がひとり立っていた。入口に背を向ける格好で壁にかかった絵を見ている。

その彼が、ゆっくりとこちらをふり返った瞬間、歩は思わず息を呑んだ。

「……わ、っ…………」

なんという美しい人だろう。絵から飛び出してきたのかと思うほど、その美貌《びぼう》は浮き世離れして見える。

身長は一九〇近くあるだろうか。輝く金の髪に、湖のように透き通ったペールブルーの瞳《ひとみ》が高貴な血筋を連想させる。逞《たくま》しい身体に纏うのは夜を一滴垂らしたような濃紺の詰襟軍服で、肩からはサッシュをかけ、腰には剣まで提げている。およそ現代とは思えないクラシカルな装いにもかかわらず、気品のある彼にはよく似合っていた。

大人の色気が漂う一方、凜《りん》とした爽やかさが彼を瑞々《みずみず》しくも見せる。歳《とし》は三十といったところか。思わず見惚《みと》れてしまうほど美しく、不思議とどこか懐かしくも感じた。

「レナート……」

そんな男性の口から掠《かす》れた声が洩れる。奇跡を目の当たりにしたかのように、その目が忙《せわ》しなく揺れるのが少し離れたところからでもわかった。

「やっと……やっとおまえに会えたのだな。どれほどこの日を待ち侘《わ》びたことか……！」

「あ、あの」

「私のレナート。もう離さない」

「わっ！」

男性は靴音も荒くまっすぐに駆け寄ってきたかと思うと、力いっぱい歩を抱き締める。

あまりに突然の出来事に、自分の身になにが起きたのかすぐには理解することができなかった。現地語と思しき言葉で話しかけられたというのもある。

――レナートって言ってたけど……誰かを探してるのかな……？

ハッと我に返るなり、歩は相手の胸に手をついて必死に身体を押し返した。

「すみません。あなたの言葉がわからないので、英語で話していただけませんか」

できるだけ刺激しないよう、こちらからもていねいな英語で語りかける。

「それから、ぼくはレナートさんという方ではありません。人違いですよ」

首をふってみせると、男性は大きく目を瞠《みは》った。

「――まさか、覚えていないのか。私のこともすべて忘れてしまったのか」

「え？　……え？」

それはどういう意味だろう。

戸惑う歩に、男性は愕然《がくぜん》とした様子で息を呑む。ペールブルーの瞳が狼狽《ろうばい》に揺れるのを見上げていると、ややあって彼は長い長いため息をついた。

「……取り乱してすまない。景色を見ながら落ち着いて話そう。私たちはまずはお互いを知らなければならないようだ」

よくわからないけれど、こうなったらもう乗りかかった船だ。

覚悟を決めてついていくと、こちらへと促された北側の窓からは悠々と流れるネフ川が、対岸には金色に輝く大聖堂の尖塔が一望できた。

こうして見ると、やっぱりいつもの映像そのものだ。これが夕暮れ時だったらますますそっくりに見えるのだろう。

「あの建物を知っているのか」

熱心に見ていたせいか、期待を含んだ声で訊《たず》ねられ、歩は小さく首をふった。

「いいえ。……でも、何度も見ているような気がします。こんなことを言うと気味が悪いかもしれないですが、その…、時々、頭の中に浮かんでくるというか……」

あらためて言葉にすると我ながらおかしな話だ。

けれど男性は訝《いぶか》るどころか、「そうだったのか」と頷《うなず》いた。

「よほど辛《つら》かったのだろうな。無理もない」

「え？」

「まずは順を追って話そう。私の名はミハイル。ミハイル・ルーシェニコフだ」

「三倉歩です」

右手を差し出され、握手に応じる。

「対岸に見えるのは聖ペテロ大聖堂だ。あの尖塔の下に、私の先祖が眠っている」

「ご先祖様が……。あれ？　でもあそこは確か、歴代の皇帝だけが埋葬を許された特別な場所だったかと……」

読んだ資料にはそう書いてあったように思う。もしや彼は、今はなき王朝の末裔《まつえい》なのだろうか。それとも、国民の心の拠《よ》り所という意味でそう言ったのだろうか。

――でも、はっきり『私の』先祖って……。

不思議に思っていると、ミハイルは真面目《まじめ》な顔で「大切な話をしよう」と切り出した。

「信じがたいものに聞こえるかもしれないが、私が今から話すことに一切の嘘《うそ》偽りがないことをこの国の名に懸けて誓う」

ミハイルはそう言って胸元の国章に手を添える。真剣な表情は怖いくらいで、会ったばかりの人ながらそれが演技とは思えなかった。

「私はかつてこの国を治めた、第十三代ルーシェ帝国皇帝だ。一七八〇年にこの世に生を受けてから今日まで、ここで国の歴史を見続けてきた」

「…………え？」

予想外の言葉に反応が遅れる。どうりで慎重に前置きをしたはずだ。

目を白黒させる歩の様子を窺《うかが》いつつも、ミハイルはゆっくり話し続ける。

「私が生まれたのは、一言で言えば激動の時代だった。国がヨーロッパの文化を吸収し、急速に発展する一方、北からはスウェーデン、東からはロシアが圧力を強めつつあった。そんな状況だったからこそ、神は皇太子として生まれた私に『ルーシェを導く杖《つえ》にせよ』と特別な力を授けたのだろう。強く願ったことを叶える不思議な力だ」

「願ったことを？　なんでも叶うんですか？」

「おそらくな。国を動かすほどのものだ、大抵のことは叶うだろう。私はそれを国のために使ってきた。……少なくとも、あのひどい裏切りに遭うまでは」

そう言って、ミハイルはどこか遠くを見るように目を細めた。

「私はかつて、己の浅慮により愛するものを危険な目に遭わせ、そして失ってしまった。この手で招いた悲劇を心から謝罪するため、もう一度会うために力を使って不死となり、同時に不可視の生きものとなった」

「不死……不可視……」

口の中で鸚鵡《おうむ》返しにくり返す。

不死というのは文字どおり、死なない生きものという意味だ。

そして不可視というのは誰の目にも捉《とら》えられない存在を指す。

これらは映画や小説で見聞きしたことはあっても、架空の存在だと思っていた。だからいざ当人だと言われてもどうもいまいちピンと来ない。

それはミハイルにも伝わったのだろう。彼はしかたがないというように頷いてみせた。

「戸惑うのも無理はない。私ですら、人に話すのははじめてだ」

「そう…、なんですか」

「おまえにしか話せないことだからな。……アユム。おまえは生まれ変わりというものを信じるか。おまえがかつて、私の世話係として仕えてくれていたと言ったら」

「え？」

思いがけない言葉に目が丸くなる。

「名をレナートといって、やさしく気立ての良い青年だった。陰謀が渦巻く宮中にあって彼の無垢《むく》な心に私がどれだけ救われたか……。愛していたのだ。そんな私をレナートも愛してくれた。それが許されぬ恋であると知りながら私たちは互いを求め、運命に翻弄《ほんろう》され――そして結ばれることなく死に別れた」

ミハイルの顔がぐしゃりと歪《ゆが》んだ。

出会い頭に彼が口にした名前だ。歩を一目見るなり、彼は「レナート」と呼んだ。

――そんなに似てるのかな。昔の恋人と……。

彼の話がほんとうならば、自分は二百年も前に生きた青年の生まれ変わりということになる。そしてそんなレナートを、ミハイルは愛していたと言いきった。

切なげに見つめられて熱に浮かされてしまいそうだ。目を逸らすこともできないまま、吸いこまれそうなペールブルーの瞳をじっと見上げた。

「……あれ？　そういえば、見えてる……？」

今さら気づいてきょとんとなる。

「ミハイル様は誰にも見えないはずなんですよね？　でも、ぼくにははっきり見えているような……」

「レナートの魂を持つものにしか私の姿は見えない。何度生まれ変わっても、たとえ私を忘れてしまったとしても、もう一度巡り会えた時にお互いを見つけられるように」

「まさか、そのために不可視になったんですか」

「何年経っても老いない人間など、存在自体が許されないだろうからな。研究対象として捕らえられでもしたら目も当てられない。私はここでおまえに会うためだけに生き続けていたのだから」

「ミハイル様……」

理解の範囲を超えた答えが返ってきた。なぜ、そうも思いきることができるのだろう。

戸惑いながらも頭の中を整理しようとしていたその時、急に話し声が近づいてきたかと思うと、ヨーロッパ系らしき数人の男女が部屋に入ってきた。彼らは室内を見回しながら、「なにか違う」というように互いに顔を見合わせている。

男性のひとりが歩に向かってイタリア訛《なま》りの英語で「すみません」と声をかけてきた。聞けば、迷子になってしまったらしい。フロアマップを広げながら目的地への行き方を説明してやると、彼らは何度も礼を言いながら展示室を出ていった。

よくあることだ。仕事でも案内を頼まれるし、こうも展示室が多いとわからなくもなるだろう。驚いたのは、彼らがミハイルに一瞥《いちべつ》もくれなかったということだ。歩のすぐ横に立っていたにもかかわらず、まるで透明人間のように扱われた。

「ほんとう、だったんだ……」

誰の目にも映らない、自分にしか見えない存在。

ミハイルは落ち着いた様子で「言ったとおりだったろう」と微笑んでいる。それを見て愕然とした。彼にはこれが当たり前なのだ。たくさんの人に囲まれながらたったひとりで生きる世界が。

ツキン、と胸が痛んだ。

「そんなことして……ぼくがここに来る保証なんてなかったのに。もし会えなかったら、あなたは一生ひとりぼっちだったかもしれないのに」

「そうだな。だが、そのために祈りを捧げる時間も私にはしあわせなものだったよ。いつおまえに会えるだろうかと、そんなことを考えながらな」

ミハイルがおだやかな声で語る。それほどに彼はかつての恋人を待っていたのだ。時を超えて、また生まれ変わってくることを。

「そうだったんですね。それなのに……覚えてなくてごめんなさい」

「どうした。なぜ謝る」

「だって、ほんとうはレナートさんに会いたいでしょう？　しあわせになれなかった分、これからやり直したかったでしょう？」

「アユム」

名を呼ばれると同時に、両方の肩に手を置かれた。

「おまえをレナートの代わりにするつもりはない。もしそう聞こえたのなら私の言い方が悪かった。すまない」

「ミハイル様」

「私は、レナートの魂を継いだアユム、おまえに会えてうれしいのだ。昔のことを覚えていようがいまいが関係なく、おまえがここにいてくれることがなにより尊い。だから謝らないでくれ。おまえの負担にだけはなりたくない」

まっすぐに見下ろされ、至近距離で見つめ合う。なんだか気恥ずかしくなって俯《うつむ》くと、確かめるようにもう一度「アユム」と名を呼ばれた。

「おまえは心やさしい青年だ。私の話に耳を傾け、存在を否定せずに受け入れてくれた。良い環境で生まれ育ったのだな。……長い間思いを馳せていたのだ。どんなところで生を受け、どんなふうに育っているのだろうかと。今のおまえを見て安心した」

慈しむような微笑みに、自然と気持ちが解《ほぐ》れていく。

「ぼくが生まれたのは日本です。ぜひミハイル様もいらしてみてください。四季があって良いところですよ」

「そう…、だな。そうしたいのは山々だが、私は宮殿からは出られない。不可視となる代償としてここに永遠に縛られることを選んだ」

「そんな」

「すべて自分で決めたことだ。私は後悔していない。こうしておまえに会えたのだから」

大きな手でやさしく頬を包まれる。はじめて会った人なのに、しかも相手は同性なのに、不思議とそれを嫌とは思わなかった。

「もしも我儘《わがまま》が許されるなら、明日もここに来てくれないか。いや、明日だけと言わず、毎日訪ねてきてほしい。そして朝から夜までできるだけ一緒に過ごしたい。……嫌か？」

ミハイルがどこか不安げに瞳を揺らす。

さっきまであんなに堂々としていたのに、返事を待つ彼はひとりぼっちの子供のようだ。

これまでの事情を思えば無理もなかった。

この再会に彼は賭《か》けていたのだ。それがようやく叶ってもなお、我を通すのではなく、歩の意向を確かめてくれるところにミハイルの人柄が表れている。

歩はまっすぐにペールブルーの目を見上げると、「よろこんで」と笑顔で応《こた》えた。

「旅行中は毎日通うつもりでチケットも取ってありますから」

「ほんとうか！」

その瞬間、ミハイルは花が咲いたようにパッと顔を輝かせる。

「そうか。これからは毎日おまえに会えるのだな。なんとしあわせなことだろう」

「そんなによろこんでもらえると、ぼくもなんだかうれしいです」

「ありがとう、アユム。今日はほんとうに素晴らしい日だ」

満面の笑みを浮かべた後も、ミハイルは何度も「良かった」「うれしい」をくり返した。

不死の生きものと言いながら、話していると普通の人間そのものだ。なにより彼はよく笑う。とろけそうに甘い眼差《まなざ》しを向けられると落ち着かない気分にはなるのだけれど。

――でも、いい人なんだろうな。

そんな彼、もとい、元皇帝陛下と美術館巡りができるなんてなんだかおもしろそうだ。

「明日から楽しみですね、ミハイル様」

「あぁ。夢のようだな」

ミハイルの眼差しから蜜《みつ》が滴る。

不思議な存在と巡り合わせに運命を感じながら、歩はこれからの日々に思いを馳せた。


新しい一日がはじまる。よろこびに満ちあふれた、かけがえのない一日が。

浮き立つ心を抑えきれずにミハイルはそっと笑みを浮かべた。

こんなに胸が弾むなんていったいどれくらいぶりだろう。自分がまだ皇帝として生きていた頃、それもレナートと過ごしたわずかな月日以来のことだ。その愛《いと》しい魂の持ち主にやっと巡り会うことができた。

歩の姿を思い浮かべながらミハイルはしみじみとしあわせを嚙《か》み締める。

レナートの魂を継ぐものが遠い異国で転生したと知った時には深い絶望に落とされた。どんなに願っても、祈っても、この距離を超えられるなど思いもしなかったのだ。

それなのに、彼はやってきてくれた。

「アユム・ミクラ……」

それが今の彼の名前だ。

見た目も、性格も、国籍さえもレナートとはなにもかも違う。あの頃とは世界情勢も大きく変わった。西欧では同性婚すら認められ、愛し合うものたちを阻む壁は年々低くなりつつある。

　こんな時代が来るなんて思いもしなかった。後ろ指を指され、国教会からの破門宣告に怯《おび》え、親族郎党を不幸のどん底に叩き落とす罪にふるえる――それが自分たちの生きた時代だった。

　生まれるのが早すぎたのかもしれない。

　あるいは、時代が追いつくのが遅かったのだと。

「だが、間違いではなかった」

　ミハイルは毅然《きぜん》と首をふる。

　自分たちが出会ったことは間違いではない。愛し合ったことは間違いなんかではない。皇族として雁字《がんじ》搦《がら》めの毎日の中で、己の意思などなにひとつ必要とされない日々の中で、唯一選び取ったものだったのだから。

　今日も、窓の下では多くの人々が列をなしている。間もなく宮殿の門が開くのだろう。それを後目《しりめ》に部屋を出ると、ミハイルは靴音を響かせながら大階段へと向かった。

　ここを訪れるものは皆、最初に出会うこの美しい階段に心を奪われる。皇帝だった頃もやってきた各国の大使を圧倒したものだ。

　そんなことを思い出していると、ややあって遠くから人々の歓声が聞こえてきた。入場ゲートが開いたのだ。

――アユムは約束どおり来てくれるだろうか。

わずかな不安と、それを上回る期待が胸の中で渦を巻く。押し寄せる人、人、人の波に目を懲らしながら、どれくらいそうして待っていただろう。

ふと見覚えのある顔を見つけ、ミハイルはとっさに右手を挙げた。

「アユム！」

「ミハイル様！」

大きな声で応えた途端、周囲の目がいっせいに歩に向く。

「え？　え？　……あっ！」

ようやくのことで事態を理解した歩は気恥ずかしそうに目を泳がせた。周りの人間からすれば、突然彼が大声で独り言を言ったように見えるのだ。

ミハイルは急いで階段を下りると、せめてものつもりで細い肩を引き寄せた。

「腕に隠してやれればいいのだが……」

「ふふふ。大丈夫ですよ。ぼくもすっかり忘れていました」

だってミハイル様があんまり普通なんですもん。

そんなかわいいことを言いながら歩が眩しい笑顔を見せる。

「あらためて、おはようございます。お世話になっている方にご挨拶をしてから来たのでちょっと遅くなってしまいました」

「そうだったのか。待ち焦がれたぞ。来てくれて良かった」

「もちろんです。すごく楽しみにしてたんですから」

ほら、と言いながら歩が鞄から手帳らしきものを取り出す。中を覗きこんでみたところ、目当ての作品と思しきものがびっしりとリストアップされていた。

「ほう。これをすべて見て回るのはなかなか大変だな」

「せっかく来たし、時間が許す限り見たいとは思っているんですが……でもあまり無理をしても集中できないでしょうし」

「なるほど」

どうしたものかと思案する歩に、ミハイルは悪戯《いたずら》っぽく片目を瞑《つむ》る。

「効率的に回るにはある程度の慣れと知識が必要だ。そこで提案なのだが、この美術館に精通している特別なガイドを雇う気はないか？」

「ガイド、ですか？」

「私のことだよ」

なにせ、勝手知ったる宮殿だ。美術館に改装された今もすべての部屋を熟知している。

そう言うと、歩は目をきらきらと輝かせた。

「もしかして、案内していただけるんですか？」

「アユムさえ良ければ、これから毎日そうしよう」

「わぁ！　助かります。ありがとうございます」

「よし。交渉成立だな。ではまず、滞在日程を教えてくれ」

歩によると、休暇は全部で九日間。そこから往復の移動日を除くと七日、さらに昨日で一日終わってしまったので、残りはあと六日となる。

「たったそれだけしかないのか」

「これでもなんとか確保した日数なんですよ。戻ったら次の日から仕事です。時差ボケでフラフラかもしれませんけど……」

「そうまでして来てくれたのだな。ならば私も、張りきって案内させてもらおう」

「心強いです。よろしくお願いします」

善は急げと、さっそく肩を並べて歩きはじめる。

自分より頭ひとつ分低いところで艶《つや》やかな黒髪が揺れるのはとても新鮮で、何度も隣を盗み見てはそこに歩がいることを噛み締めた。

楽しい気持ちは伝わるものなのか、横にいる彼もうれしそうに声を弾ませる。

「さっき、お世話になっている方に挨拶をしてきたと言ったでしょう？　実は、二年後にここから作品をお借りして、ぼくの勤める美術館で企画展を開くんです」

「ほう。企画展、とは？」

「イワン・グラッキーをご存知ですか？　ルーシェを代表する画家のひとりで、ちょうど二年後は没後二百年に当たります。それを記念して、彼の作品をお借りして展覧会をすることになりました。日本にグラツキーの素晴らしさを伝えるまたとない機会になりますよ。だから、絶対に成功させたいんです」

歩の口から出た意外な人物の名に、ミハイルは思わず立ち止まった。

「おまえがグラツキーの絵を……。運命の巡り合わせとは不思議なものだな」

「どういうことです？」

「グラツキーは、レナートの父親だ」

「えっ」

歩が目を丸くする。レナートとの思いがけない共通項に驚きを隠せないというようだ。

話している自分としても、これがただの偶然とは思えなかった。

「グラツキーは私の画家だった。観察眼の鋭い男でな。対峙すると己の中のなにもかもを見透かされているような、落ち着かない心持ちにさせられたものだ」

画家は皇帝のご機嫌を取ってこそと言われていたあの時代、真剣勝負のような気持ちにさせられた画家は後にも先にもグラツキーだけだ。彼が絵筆を執っている間中、心を強く保っていなければならなかった。

そんなグラツキーが宮廷に出入りするようになったのは、ミハイルが皇位を継いでしばらくしてからのことだ。父のピョートル二世は画家嫌いで肖像画はほとんど残っておらず、ようやく描かせたと思ってもその後は画家に金を握らせて国外に追いやってしまうほどで、ルーシェには宮廷画家というものが長らく存在しなかった。

グラッキーを召し上げたのは側近からの進言もあるが、一番はその鋭い目を見てミハイルが彼を気に入ったからだ。これには謀反を企《たくら》むものたちへの意趣返しの狙《ねら》いもあった。内面を抉《えぐ》り出す画家が絵筆を執れば、裏切者が明らかになるとの身近なものへの牽制《けんせい》だ。

「グラッキーは宮廷画家でありながら宮殿に住むことを頑《かたく》なに拒んだ。画風が歪むと言い張ってな……。権力には阿《おもね》らない男だった。そんな、自由で放浪癖のある画家の首に縄をつけておくつもりで彼の息子を雇い入れた。侍従が雑用係をほしがっていたのもある」

「それが、レナートさんだったんですね」

「あぁ。私のよろこびそのものだった。……今にして思えば、それすらもグラッキーには見抜かれていただろうな」

彼は、父親としてどんな思いでいただろう。息子が皇帝の寵愛《ちょうあい》を受けたことを。それ自体が異端行為であったことを。

もしかしたら、今でも墓の中でミハイルを恨んでいるかもしれない。あるいは、権力や宗教には縛られないような男だったから気にも留めていなかったかもしれない。いずれにせよ、せっかく彼の息子の生まれ変わりがこうしてルーシェを訪ねてくれたのだ。グラッキーに代わる意味でもできる限りのことをしてやりたかった。

「遠く日本で生まれ変わった後も、こうしてルーシェとのつながりを持ち続けてくれたことを誇らしく思う。かつての父親の絵に心を動かされたのだとしたら、おまえ自身が魂でそれを感じ取っていたのかもしれないな。アユムは絵は描くか？」

「はい。趣味《いじ》で少し……グラッキーには遠く及ばない腕前ですが」

襟足を弄りながら歩が照れくさそうに笑う。

「小さな頃から絵を描くことが大好きだったんです。両親も絵画鑑賞が趣味で出会って。だから、休みの日にはよく美術館や博物館に連れていってもらっていました」

「あぁ、目に浮かぶようだ」

「こうしてキュレーターになったのも大好きなものに触れる仕事がしたかったからです。推しを紹介する機会を自分の手で作れるなんて、すごくわくわくすることですから」

歩が目を輝かせてうれしそうに語る。

はじめのうちこそそれを微笑ましく見ていたミハイルだったが、無垢な笑顔に接するうちにやがて後ろめたさがこみ上げた。

「私は、おまえに謝らなければならないことがある。おまえが芸術に興味を持つように仕向けたのは私だと言ったら……どうする？」

「え？」

歩は表情を変えないまま、きょとんと首を傾げる。理解できないといったふうだ。

「言ったろう。私には力がある。おまえが芸術に関心を寄せるようにすることで、いつか巡り巡って私のところへやってきてくれるのではないかと」

「え？　そ、そんなこともできるんですか？　えっと…、それがほんとうだったとして、よく考えたらすごく遠回りですよね。直接呼び寄せることだってできたでしょう？」

「おまえはそうされたかったか？」

自分の意思などお構いなしに、ある日突然、異国に召喚されるような真似《まね》を。

目を瞠る歩を見下ろしながらミハイルはゆっくりと首をふった。

「私は、おまえを操り人形になどしたくないのだ。自分の意思で動いてほしい」

だからと言って、芸術に興味を持つよう仕向けた事実は消えない。

歩はじっと考えこんでいる。こちらの一方的な都合で人生に影響を与えられたことを彼は怒るだろうか。詰《なじ》るだろうか。それとも呆《あき》れてしまうだろうか。

固唾《かたず》を呑んで結論を待つミハイルの予想に反し、歩は明るい声で「そっか」と笑った。

「ぼくに一生の趣味をくれたのは、ミハイル様だったんですね」

「アユム？」

「たくさんの素晴らしい作品に出会えたこと、そしてそれを仕事にもできたんですから、ぼくはほんとうにラッキーでした」

「怒らないのか」

「怒る？　どうして？」

「私が影響を及ぼさなければ、おまえは別の人生を歩んでいたかもしれない」

現代の職業を詳しく把握しているわけではないが、役人や職人など、別の仕事で才能を発揮することもできたかもしれない。

「そうですね。芸術とは無縁の人生だったかもしれませんね。でも、なんだかんだ言ってやっぱりこの道を選んでいたかもしれないでしょう？　ぼくはアートに出会わせてくれて良かったなって思っています。こんなに楽しい世界があるんだって教えてくれて」

「アユム……」

思わずため息がこぼれ落ちる。気持ちが昂《たか》ぶるままに両手で歩の右手を取ると、そっと手の甲にくちづけた。

「おまえのその前向きさを心から尊敬する。しなやかさも、そしてやさしさも。幾度魂が生まれ変わろうともそれだけは決して変わらない」

「ほ…、褒めすぎです」

歩が頬を赤らめながら慌てて手を引っこめる。悪いと思いながらもくすくすと笑うと、それを見た彼も一緒になって肩を揺らした。

「ここが美術館になって良かったですね、ミハイル様」

「ほんとうだな。おまえに感謝され、私もこうして案内ができる。一石二鳥だ」

とっておきのウインクをひとつ。

かくして、ミハイルによるアートガイドがはじまるのだった。


それからは白亜の大階段で待ち合わせ、毎日のようにデートを楽しんだ。

はじめこそ戸惑うこともあった歩だが、最近はミハイルの姿が他人に見えないことにもすっかり慣れたようだ。今では独り言に見える会話すらおもしろがってくれている。その適応力には驚かされたし、なにより長い間焦がれ続けた相手が傍にいてくれるしあわせに何度も「これは夢ではないのか」と訊ねては彼に笑われた。

一方で、作品の前に立つと歩は人が変わったようになった。

顔つきが一変し、こちらが話しかけても耳に入らないほど鑑賞に集中するのだ。それが彼の仕事人としての顔なのだろう。普段のおだやかな雰囲気とまるで違う鋭い眼差しは、ミハイルの目に新鮮なものに映った。

――ほんとうに、好きなのだな。

仕向けられたものであるにもかかわらず、彼は芸術に出会えて良かったと言ってくれた。楽しい世界があると知ることができたと。

そして今、食い入るように絵と向き合う姿を見て彼の言葉が心からのものだったのだと実感する。そんな歩と作品を結びつけることができたよろこびでミハイルの心まであたたかくなった。

　これまでの自分にとって、絵や彫刻はそこに置かれた『モノ』でしかなかった。皇帝として国を治めていた頃は政治と戦争に明け暮れて、とても目を向ける余裕などなかった。コレクションと向き合うようになったのは、不死となってからのことだ。

　激動の時代の終わりとともに帝国が崩壊した時も、共和国としてルーシェが再建されていく間も、さらには世界中を巻きこんだ戦争で大混乱に陥った際も、時が止まった部屋の中でひとり作品に囲まれていた。

「……死なないっていうのは、そういうことなんですね」

　話を聞いていた歩がふと立ち止まる。

「ずっと見続けるっていうことなんですよね。それがうれしいことでも、辛いことでも」

「不死と聞くと絶対的な存在に思えるものだ。なんでもできそうなものだとな。……だが、それは違う。むしろなにもできないと実感するばかりだった」

　王朝が潰《つい》え、祖国が変わっていくのをただ指を咥《くわ》えて見ていることしかできなかった。第十三代ルーシェ皇帝は闇《やみ》に葬り去られた不幸な男として歴史の表舞台から完全に存在を抹消された。

「しかたのないことだ。この世は常に変わり続ける。自然の流れに逆らい、死なない存在として生き続ける方が本来あってはならないことなのだから」

「ミハイル様……」

「そんな顔をするな。私は歴史の転換点に立ち合うことができて良かったと思っている。変わりゆくもの、そして変わらないものをこの目に焼きつけることができた」

ルーシェを国難が襲うたび、宮殿は権威主義の負の遺産として破壊される危機に瀕《ひん》した。オベリスクは倒され、宮殿広場は潰《つぶ》され、すべてを無機質なコンクリートで埋め尽くされそうになった。世界に誇る収蔵品すら、逼迫《ひっぱく》する国家財政の補塡《ほてん》として売りに出されても不思議ではなかった。

それでも、ルーシェの民は美術品とともにこの美しい宮殿を守り抜いてくれた。戦争のたびに主立った作品を地下に隠し、あるいは極秘裏に他国へ疎開させながら必死の思いで残してくれた。そのおかげで今がある。

「そんなことがあったんですね……」

静かにため息をつくと、歩はあらためてこちらを見上げた。

「あの、もし良かったら、ミハイル様のことをもっと教えてもらえませんか。文献で知ることもできるでしょうが、ご本人から伺えるのはぼくだけの特権だと思うので」

「なるほど、特権か。うまいことを言う」

顔を見合わせてくすりと笑う。

ならばと歩を長椅子に促し、自分も並んで腰を下ろすと、ミハイルは遠い遠い昔に思いを馳せた。

「私が生まれたのは一七八〇年。今から二百年以上も前のことだ――」

時の皇帝ピョートル二世の第一子として、王冠と宝珠を両手に持って生まれてきたと讃えられた。

不思議な力を持っていることが判明したのはミハイルがまだ二歳の頃だ。帝王学を学びはじめていたミハイルは教育係たちを驚愕《きょうがく》させ、そのことはすぐに宮廷中に、そして間を置かず国中に知れ渡ることとなった。

「父上は大層よろこばれてな。北方勢力の圧力が強まり、緊張感を孕《はら》んでいる状態だっただけに、神が国を導く杖とともに私を授けたのだと国中が祝いに沸いたと聞く」

そんな中、ロシア帝国から姫君誕生の一報が届いた。

それを聞くなり、ピョートル二世はミハイルの許嫁《いいなずけ》にと政略結婚を申し入れてしまう。

北ユーラシアを二分するルーシェとロシアは長年敵対関係にあったものの、表向きは同盟を締結したばかりだった。ここで姻戚《いんせき》関係によって結びつきをさらに強め、あわよくばロシアを取りこんでしまおうとの算段だ。ロシアはロシアで、ルーシェの中に入りこむことで内側から国を瓦解《がかい》させたいとの狙いもあったかもしれない。

そんな大人たちの思惑によって、ミハイルはわずか二歳で許嫁の立場となった。

のちに彼の妻となるアレクサンドラなど生後数ヶ月の赤ん坊だった。

「そんなことがあるんですか」

「王族の結婚など、所詮《しょせん》は政治だからな」

正式な許嫁として国教会の許可が出たのはミハイルが十三歳の時だ。

その三年後に皇位継承権が認められ、翌年十七歳で結婚式を挙げた。二大帝国の威信を懸けた式はそれはそれは盛大なものだったそうだ。

「一年にも亙《わた》って祝典が続いた。国中がそのための事業に活気づいたと聞いている」

誰もがルーシェとロシアのしあわせな結婚を祝った。特に、隣国との国境付近に暮らすものたちにとって、戦争のない平和な世界は悲願だったと言ってもいい。

誰よりそれを噛み締めたのは他でもない、ピョートル二世だ。国の未来を明るく照らす息子を誇らしく思い、盛大に祝った矢先の出来事だった。

「父上が亡くなった。結婚から一年も経たないうちに……」

これを受けて、ミハイルは十八歳で戴冠《たいかん》することになる。

若き皇帝の誕生に国は沸いたが、宮廷の中では早すぎる即位を巡って様々な憶測が飛び交った。中には息子が父を追い落としたなどと出鱈目《でたらめ》を吹聴するものもいたそうだ。

それでもミハイルは根も葉もない噂《うわさ》に耳を貸すことなく、皇帝として政務に没頭した。父の遺した国を護《まも》るべく、そして父の名を穢《けが》さぬよう、ただその一念でルーシェのためにひたすら尽くした。

「それなのに……」

即位から二年後。

皇太子アレクセイが生まれ、夫婦間の溝は決定的となった。

「受け入れることができなかった。――私の子ではなかったからだ」

「え？」

多弁な眼差しから目を逸らし、ミハイルは長い長いため息をつく。

「アレクサンドラとは、はじめからすべてがうまくいかなかった」

我儘放題で育った彼女はとても気が強く、見栄っ張りで、なんでも自分の思いどおりにならないと気が済まない人だった。

そのくせ『自分は政略結婚の道具としてルーシェに嫁いできた、かわいそうな姫君』と公言して憚《はばか》らず、夫を目の仇《かたき》にした。ミハイルの実母である上皇后に対しても一事が万事そんな態度だったものだから、宮廷内で彼女を助ける人間は誰もいなかった。

ミハイルは夫として妻と対峙し、お互いをわかり合おうとあらゆる手を尽くしたものの、顔を見ただけで喚《わめ》き立てるアレクサンドラとは落ち着いて話をすることすらままならず、一度もベッドをともにしないまま何年も過ぎた。

その間に上皇后は亡くなった夫を弔うため修道院に入り、もはやアレクサンドラに対して口煩《くちうるさ》く言う人間はいなくなった。皇后として我儘三昧《ざんまい》をはじめた彼女には甘い汁を吸おうと企む男たちが群がった。

ちやほやされることがなにより好きだった彼女は次々に愛人を作り、多くの貴族たちと関係を持って目眩《めくるめ》く夜を愉《たの》しんだ。その結果授かったのが皇太子アレクセイだ。

結婚以来寝室を分けていたため、ミハイルとアレクサンドラの間に夫婦関係がないことは周知の事実だった。皇帝と皇太子に血のつながりがないことなど誰の目にも明らかで、それでも皇后の産んだ男児だからとアレクセイの出生については不問に付された。正妻が産んだ男の子でなければ皇位継承権が与えられないからだ。

不義の子の誕生にミハイルが衝撃を受ける中、宮廷では秘密の噂で持ちきりになった。誰がほんとうの父親なのかを当てようと色めき立つ貴族らもいたほどだ。

「国のためを考えれば、世継ぎの誕生は歓迎すべきことだった。これでロシアとの関係はさらに強固なものになったと」

「そんな……」

「こんなことを言うとおかしいと思うかもしれないが……ほっとしたのも正直なところだ。いくら夫婦関係が破綻《はたん》していようとも国教会は離婚を固く禁じている。ましてや同盟国出の妻を修道院に幽閉するわけにもいかない。そんなことをすればロシアに攻めこむ絶好の口実を与えるようなものだ。……私は、結婚というものにひどく疲れていた。たとえ離婚が認められたとしても、子を成すための再婚など応じる気にもなれなかったのだ」

跡継ぎ問題は死ぬまで一生ついて回る。ミハイルの場合は、次の皇位を指名できるような血縁がなかったことも災いした。

「だからって、そんなの許されていいはずがない。ひどい裏切りです」

「責めたところでどうしようもない。私たちの結婚は、はじめから同盟以上の意味を持たなかっただけのことだ」

ミハイルはそっと目を眇《すが》めると、もう何度目かもわからないため息をついた。

「今の世は、人は愛し愛されて生きるのだろう？　私もそんなふうに生きてみたかった」

「ミハイル様……」

歩がそっと唇を噛む。その顔が今にも泣き出しそうに歪むのを見て、ミハイルは細い背中を何度も撫《な》でた。

「おまえはやさしいな。私に心を寄せてくれるのか」

「だって」

「大丈夫だ。辛いことばかりだったわけではない。……なにより私にはレナートがいた。彼こそ私の救いであり、光であり、安らかな希望そのものだった」

窓の向こうを悠々と流れるネフ川に目をやる。

「レナートとはいつも、私の部屋で束《つか》の間の逢瀬《おうせ》を楽しんだ。身分に縛られていた私たちはふたりきりで外出することは疎《おろ》か、宮殿の中を自由に歩き回ることさえ許されなかった。それでも他愛《たわい》もない話をしたり、一緒にお茶を飲むわずかな時間が私にはかけがえのないものだったのだ」

彼も同じ気持ちでいてくれたはずだと確信している。

それでも、今なお悔いることがあった。

「レナートが言ったことがある。一度でいいから、あの川の畔《ほとり》を一緒に歩いてみたいと。そこから輝くような夕日を見たいのだと。………最後まで、叶えてやれなかった」

強く噛み締めた奥歯がくぐもった音を立てる。

宮殿から目と鼻の先の川べりだ。歩いて五分もかからないような場所だったのに、そんなささやかな願いすら聞いてやれなかったどころか、そこでひとりで逝かせてしまった。

「私が死なせた。私のせいで、レナートは……！」

「ミハイル様」

ハッとして顔を上げると、歩がまっすぐにこちらを見ていた。

「大切な人を亡くして苦しむお気持ち、よくわかります。これまで誰にも言えずにいたんですよね。ご自分を責めるしかなかったんですよね。……でも、今はぼくがいますから。いくらでもぼくに話してください」

「アユム」

「人に話すと楽になることってあるでしょう？　レナートさんだって、きっと今頃天国で心配してますよ。ミハイル様に早く元気になってほしいって」

「――――」

驚いた。そんなふうに言われるなど思ってもみなかったのだ。

彼の言葉のひとつひとつがひたひたと胸に染みてくる。にっこりと微笑まれ、大丈夫というふうに頷かれて、心があたたかなもので満たされていった。

――あぁ、そうだ………。

この笑顔だ。

敵だらけの宮廷で、針の筵《むしろ》のような日々を過ごしていた時も、部屋に戻ればレナートがやさしい笑顔で迎えてくれた。そのおかげで自分の心は壊れてしまわずに済んだのだ。

「おまえには救われてばかりだ」

そっと肩を引き寄せ、艶やかな黒髪に頬を擦り寄せる。かつて愛した人とはなにもかも違う、けれど変わらぬやさしさで接してくれる大切な存在。

再会した時は、自分のことを忘れてしまった彼に戸惑った。レナートの生まれ変わりを待ち侘びた二百年は果たして正しかったのだろうかと、己の存在意義さえ失いかけた。

だが、今なら間違っていなかったと胸を張って言える。歩に出会えたことはほんとうにしあわせなことだった。自分の話に耳を傾け、気持ちを重ね、こうして寄り添ってくれる。

こんな相手に巡り会えただけであの長い長い絶望の時間も浄化されていくようだ。どれくらいそうしていただろう。

「ミハイル様」

小さな呼びかけに身体を起こすと、歩が心配そうな顔でこちらを見ていた。

「あぁ、すまない。……おまえのことを考えていた」

「ぼくならここにいますよ」

「そうだな。この一瞬一瞬を感謝して過ごさなければ」

ポンポンと背中を叩いて促すと、ミハイルは椅子から立ち上がる。

「私の話はこれで終わりだ。これから、おまえにとっておきのものを見せよう」

「とっておき？　……あ、もしかして」

「そう。アユムが見たがっていた、な」

弾《はじ》かれたように椅子から立ち上がる歩に笑いを誘われながら、ミハイルは芝居がかった調子で順路を指した。

今日は、グラツキーの作品の中でも特に有名な肖像画シリーズに案内する約束だ。

豪華な額に入れられた皇帝の肖像画の前に立った瞬間、歩がキュレーターの顔になった。その眼差しの先にはかつての自分がいる。今と同じく軍服を纏って、胸にはたくさんの勲章をつけて。

帝国皇帝として己を強く律しながらも、冷ややかな結婚に精神を磨《す》り減らしていた頃だ。頭と心がバラバラになってしまいそうだった。次の年、レナートに出会わなければ自分はおかしくなっていたかもしれない。

そんなギリギリの状態だった過去の自分を、並んで見上げる日が来るなんて……。

「いい絵ですね」

ポツリと歩が呟《つぶや》く。

驚いてそちらを見ると、彼はどこか焦がれるような目をしていた。

「皇帝の肖像画にふさわしく、堂々とした威厳を感じさせる絵です。見るものを圧倒する眼差しは力強さにあふれていて、祖国の未来を切り拓《ひら》こうという情熱に満ちている――それなのに不思議ですよね。じっと見ていると、内に秘めた葛藤《かっとう》のようなものがじわじわと伝わってくるように思うんです。この絵を描いたグラッキーは、少しの揺らぎも見逃さなかった。そしてそれを描ききった。完璧《かんぺき》な存在が内包するほんのわずかな迷い、それが表現されているからこそ、この絵はどこか人間くさくて、だからこそ魅力的なんです」

一気に語り、歩はしみじみとため息をつく。

「画集で見た時から、この絵には魂が宿っているように感じていました。こうして作品の前に立って、それは間違いではなかったと確信しています。グラッキーの絵の中でも特に好きな作品です」

「アユム……」

いつになく饒舌《じょうぜつ》なのは仕事モードになっているからだろうか。

見守っていると、少しして彼は我に返ったように「あっ」と両手で口を押さえた。

「すみません。つい、いつもの調子でわーっと……」

「おまえがこの絵を気に入ってくれていることはよくわかった。言葉豊かで大したものだ。仕事でもあんな感じなのか」

「えっ…、いえ、そんな…、そこまでは……たまに、というか……」

その声はどんどん小さくなり、終《しま》いには顔を下に向けてしまう。

「いつか私も見てみたいものだな。おまえが熱く語っているところを」

「もう。ミハイル様」

照れ隠しだろうか、上目遣いにこちらを睨《にら》む歩に噴き出しつつ、ミハイルはあらためて壁にかかった絵を見上げた。

「この頃の私はひどく疲弊していた。様々な思惑の中で、ピンと張り詰めたようになっていてな……。グラッキーは鋭い男だ。私の中の葛藤までを爪痕《つめあと》のように絵に残した。こうして二百年経った今、不思議な縁でつながったおまえにそれを汲《く》み取ってもらえて、彼もよろこんでいるだろう」

「それを言ったら、ぼくの方こそお礼を言わなければなりません。絵を描いてくださったこと、そして残してくださったこと……。そのおかげで後世でもこうして作品を味わうことができるんですから」

歩がしみじみと目を細める。

「それを日本で紹介できるのも、ミハイル様のおかげです」

「企画展は確か二年後だったか。モデルの私さえ日本には行ったことがないというのに、絵ばかり海を渡るとは許せんな」

「ミハイル様ったら。変なところで張り合わないでください」

苦笑する彼を見ているうちにおかしくなって、ついつられて笑ってしまった。

不思議だ。歩といるうちに、辛い過去が昇華されていくのがわかる。二百年の孤独が今ようやくあたたかなもので満たされていく。

自分の中で新しい愛が育ちはじめているのを感じながら、ミハイルは胸の高鳴りに瞼《まぶた》を閉じた。

＊

一八〇六年。まだ寒さの残る春の日のこと――。

「おい、おまえ！　おまえのことだ、このノロマ！」

背後から鋭い叱責《しっせき》が飛んできてレナートはびくりと身を竦ませた。その拍子に、抱えていた薪《まき》をバラバラと地面に落としてしまう。

それを見た赤ら顔の大男はさらに「馬鹿野郎！」と声を荒らげた。

「そんな調子じゃ日が暮れちまうだろ。さっさとしろ。それが終わったら火を熾《おこ》して竈《かまど》と暖炉に持っていけ。その後は厩舎《うまや》の掃除だ。馬の餌遣《えさや》りも忘れるな」

「えっ、あ…、えっと……」

一度にたくさんのことを言いつけられて内心はパニックだ。レナートは言われたことを忘れないように口の中でくり返しながら、動揺にざわめく胸を押さえた。

宮廷の雑用係として雇われて一年。

華やかな世界を支えることはこんなにも大変なのだと仕事に就いてみてはじめて知った。文字どおり、朝から晩まで使用人通路や厩舎を走り回っている。おかげで靴はボロボロになったけれど、それでも我慢して履き続けなければならない。

「いいか。わかったな。わかったら返事！」

「は、はい」

レナートを散々怒鳴りつけた大男、もとい、雑用係たちをまとめている執事――彼はそう呼べと言うけれど、彼より偉い人らが彼を執事と呼んでいるところを見たことがない世話役は、ふんと鼻を鳴らしながら踵《きびす》を返して行ってしまった。

その姿が見えなくなるまで見送って、レナートは小さくため息をつく。なんとか気持ちを奮い立たせながら落とした薪に手を伸ばした。

顔を合わせればずっとあんな調子なので、さすがに気持ちがしゅんとしてしまう。それでも、働き口を用意してくれた父の顔に泥を塗るわけにはいかないと耐えるばかりの日々だった。

画家である父イワンが宮廷に出入りしはじめたのが四年前。自分がまだ十歳の頃だ。

宮廷画家として召し上げられたものは宮殿に住むと聞いたことがあったから、てっきり放浪癖のある父親もそうするのだろうと思っていたのだけれど、一度こうと決めたら譲らないイワンは決して首を縦にはふらなかった。束縛されることをなにより嫌う人だから、ある意味当然だったかもしれない。

宮廷側と交渉を重ねた結果、イワンがお抱え画家として筆を執る代わりに、息子であるレナートも雑用係として宮廷で働くことになった。便利な小間使いがほしいという侍従と、自分の代わりに人身御供を預けておきたい父親の利害が一致した結果とも言える。

しかたがない。

他の兄弟たちは家を出てしまっていたし、年老いた父の役に立てるのは末っ子の自分しかいない。レナート自身、気が弱く、商売ごとにはとかく不向きで、将来どうやって身を立てるつもりだと発破をかけられていたところだった。

――だから、これで良かったんだ。

こうして自分に言い聞かせるのはもう何度目になるだろう。ふるふると頭をふってつまらない考えを追い出すと、言いつけられた仕事のことに思考回路を切り換えた。

まずは薪を拾い集めてきれいに積んで、それから火を熾そう。

春といってもまだまだ寒さの残るこの季節。身体をあたためることのできる数少ない仕事のひとつだから、たとえ重労働でも火熾しはうれしい。それに、ゆらゆらと揺れる炎を見つめていると嫌なことなんて忘れてしまう。心がすうっと落ち着いていって、静かな気持ちになれるから好きだ。

「頑張ろう」

ささやかな楽しみを見出しながら、レナートはあかぎれの手を薪へと伸ばすのだった。

またある日、世話役から荷物を運ぶよう言いつかったレナートは、大きな包みを抱えて宮殿に足を踏み入れた。

普段は高貴な身分の人々と鉢合わせしないよう地下の使用人通路を通っているのだが、

今日ばかりは皇后陛下に届けものということで特別に出入りが許された。

なんでも、皇后お気に入りの宝石商に作らせた装身具が届いたのだそうだ。

本来であれば宝石商自ら皇后に謁見に上がるところ、やむにやまれぬ事情とかで応対に出た世話役に預けることとなり、雑用係である自分が呼ばれた。

話を聞いて、そんな高価なものを運ぶだなんてとんでもないとレナートは固辞しようとしたが、世話役にいつもの調子で怒鳴られ、殴りつけられて、やむなく引き受けることとなった。指定された場所まで持っていけば、後は皇后付きの侍女が預かってくれることになっている。だからそれまでの辛抱だ。

不安にびくびくしながら教わったとおりに進んでいく。豪華絢爛《けんらん》な設《しつら》えには圧倒されるばかりだし、何度も増改築をくり返しただけあって宮殿の中はまるで迷路だ。

とある部屋の前を通ったレナートの目に、不意に一枚の絵が飛びこんできた。

「わ、ぁ……」

男性の肖像画だ。遠くから見てもわかるほど大きく、立派に額装されている。

――すごい……。

なぜだろう、一目で惹きつけられるものがあった。

もっと近くで見てみたくて吸いこまれるように部屋に入る。持っていた荷物を注意深くテーブルの上に置き、あらためて向き合った絵は、大人が並んで両手を広げても届かないほど大きく圧倒的で、なにより威厳に満ちていた。

肖像画の男性が纏う軍服の胸には多くの勲章が光り輝き、肩からはブルーのサッシュをかけている。宗教画に描かれる天使のように美しい金髪は華やかさを、秀でた額は聡明《そうめい》さをそれぞれよく表していた。

そんな中にあって、澄んだペールブルーの瞳はまっすぐに、けれどどこか愁いを帯びてこちらをじっと見据えてくる。

美しい絵だと思った。

それと同時に、うまく言葉にできない寂しさのようなものも伝わってきた。

男性の持つ凛とした雰囲気は、ともすると深い孤独をも表しているように見えたのだ。まるで生きた人間そのものだ。内面までもが赤裸々に、けれど控えめにキャンバスに縫い留められている。

――この方はどなただろう。

歴代皇帝の誰かだろうか。この絵が父の筆によるものならば、現皇帝ミハイル一世かもしれない。

「今の皇帝陛下がこの方だったら、素敵だろうなぁ……」

こんな人がルーシェの頂点に君臨してくれていたらどんなに誇らしいだろう。ほのかな憧れのような気持ちにそっと息を吐いた、その時だった。

「おい、おまえ。そこでなにをしている」

　鋭い声にハッとなる。

　慌ててふり返ると、ドアの前にはこちらを睨む黒尽くめの男たちが立っていた。一目で高い身分とわかる身形《みなり》にレナートは急いで頭を下げるものの、彼らはレナートを疑わしいものだと思ったようだ。

「皇帝陛下のおられるこの宮殿で、よもや盗みを働こうとしていたわけではあるまいな」

「不届き千万。どうやって入りこんだ。なにが目的だ。言え」

「ぼ、ぼくはその……、ここで働かせていただいていて、それで……あのっ……」

　釈明もそこそこに周りをぐるりと取り囲まれる。

　輪に加わらなかったひとりがテーブルの上の荷物を検《あらた》め、「宝石だ！」と声を上げるや、男たちの顔色が変わった。

「こんな高価なものをどこで手に入れた。盗んできたに違いない」

「ちっ…、違う。違います。ぼくは荷物を運ぶように言われて、それで……」

「盗人め！」

　片手で胸倉を摑《つか》み上げられ、軽々と床から足が浮く。畳みかけるような盗人呼ばわりに怖《おそ》ろしさと息苦しさで頭の中が真っ白になった。

　——どうしよう。

こんなことなら世話役に何度殴られても断るべきだった。彼らの言うとおり、自分のような身分のものがこんな高価な品物を持ち歩くなんてそもそも分不相応、おかしいのだ。どんなに言い訳したとしても聞いてもらえないに違いない。

──拷問されたらどうしよう。殺されたりしたらどうしよう。

今すぐ世話役がここへ来て事情を説明してくれない限り、レナートの身の潔白は証明できない。いや、たとえ来てくれたとしても彼とて下男のひとりだ。高貴な人々とは身分が違いすぎる。

つまり、万事休すだ。

「盗人には死、あるのみ」

胸倉を掴んでいた手にグッと力を入れられ、恐怖に戦《おのの》く顔を覗きこまれる。最後通告に息を呑んだ、その時だった。

「──待て」

後方から落ち着いた声が割って入ってくる。

その瞬間、レナートを吊るし上げていた男の手がさっと離れた。

「わっ」

大理石の床に放り投げられ、強《した》かに尻を打ちつけて小さく呻《うめ》く。それでも自由になれたことに驚く気持ちの方が強く、声の主を見ようと身体を起こしたレナートは、そのままの姿勢で固まった。

――――こんな方が、いるなんて……。

夜を一滴垂らしたような濃紺の軍服に身を包み、カツカツと靴音を響かせながら颯爽《さっそう》と歩いてくる長身の男性は、まさに絵の中の人にそっくりだ。彼は供を待たせ、黒尽くめの男たちも手で制すると、レナートのすぐ前に立った。

「ここで、なにをしていた？」

落ち着いた声で訊ねられ、ようやくのことで我に返る。彼もまた自分のことを盗人だと思っているに違いない。誤解を招くようなことをした自分が悪いのだ。

「も、申し訳ありませんでした……！」

慌てて居住まいを正し、床に額を擦《こす》りつけんばかりの勢いで頭を下げる。

けれど、返ってきたのは思いがけない言葉だった。

「謝れと言っているわけではない。なにをしていたのか訊《き》いているだけだ」

その声にどこかやわらかな含みを感じ、おそるおそる顔を上げる。まっすぐな眼差しに背中を押してもらえたような気がして、レナートは思いきって口を開いた。

「絵を、見ていました」

「絵？　この絵か」

「はい。とても素晴らしいと思って、それで……」

吸いこまれるようにしてこの部屋に入ったのだと続けるレナートに、男性はなぜか顔を曇らせる。

「私にとっては複雑だがな。それで、ここへはどうやって来た。そのものたちがおまえを盗人だと言っていたが」

「違います。ぼくは、こちらで雑用係をさせていただいています。宝石商の方から届いたばかりのお品物を運ぶように言いつかって参りました。……あっ、そうだ。中にお手紙が。お手紙が入っていると聞いていています」

とっさに思い出して荷物を指差す。自分は字が読めないけれど、教養のある高貴な人なら中身を理解してくれるだろう。この誤解も解けるかもしれない。

縋《すが》るような思いで見守る中、手紙を一読した男性は「なるほどな」とため息をついた。

「アレクサンドラがまた新しい首飾りを作らせたようだ。つい先日も届いたというのに、無茶を言って急がせたらしい。このものの言うことに間違いはなさそうだ」

成り行きを見守っていた黒尽くめの男たちからピリピリとした気配が消える。

それでもなおきょとんとしていると、男性に腕を引かれて立たされた。

「この首飾りは私が預かる」

それを聞いた瞬間、赤ら顔で怒鳴る世話役の姿が脳裏を過《よ》ぎる。

「お許しください。それでは世話役に叱《しか》られてしまいます。どうか、どうか……！」

こんな高価なものをなくしたとなったら雷が落ちるだけでは済まされない。自分だけでなく、宮廷画家の父親や家族までもが連帯責任で殺されてしまう。

必死の思いで訴えると、男性は小さな嘆息で応えた。

「では私から、世話役の男に首飾りを預かった旨を伝えるとしよう。おまえの名は」

「レナートです」

「レナート……」

男性は鸚鵡返しにくり返し、なにか考えるように口元に手を当てる。

「雑用係と言っていたな。もしや、画家のグラッキーの息子はおまえか？」

「はい。おっしゃるとおりです」

「そうか。おまえが彼の……」

彼は何度か頷き、レナートをじっと見下ろした後で、あらためて壁の絵に目を向けた。

「おまえはさっき、この絵を素晴らしいと言ったな。だが私には精悍《せいかん》さを欠いて見える。私はこんな顔をしているか」

やはり、彼は絵のモデルその人だったのだ。どうりでよく似ている。

レナートは肖像画から男性に視線を移すと、美しく整った顔を見上げた。

「上に立つものの威厳を感じます。それをよく表しているのが目の表現だと思うのです」

「目？」

「はい。目は、その人のひととなりを表します。どんなに立派な服を着ても、たくさんの勲章をつけても、お化粧をしても、目の輝きだけは誤魔化《ごまか》せません。どんな美しい宝石もまっすぐな眼差しには敵《かな》わないように」

なぜなら、目は心の窓だからだ。内面を表す鏡だからだ。だから迷った時は相手の目を見るようにと父イワンから教えられて育った。

そう言うレナートに、男性はなにか思うところがあったようだ。

「なるほど。グラッキーらしい」

「自分に正直に生きている人だからこそ言える言葉なのかもしれませんが……」

物事の本質を突くがゆえに周囲とは衝突が絶えず、疎まれることすらあった父親だが、画家として大成できたのはそのおかげもあるだろう。

「見事な絵だと思います。……でも同時に、どこか寂しい。見ているだけで孤独に触れるような思いがします」

男性がハッと息を呑んだ。

「あっ、す、すみません。失礼なことを……」

「いや。詳しく話してくれ。知りたいのだ」

その目は雄弁に「続きを」と訴えている。これ以上言葉を重ねることをはじめのうちはためらったものの、なおも乞《こ》われ、レナートはおそるおそる思ったままを口にした。

「ぼくは、この目を見て苦しそうだと思いました。威厳のある方なのに……だからこそ、そのせいでご自身の苦しみを表に出すことができないでいる、ひとりで抱えたまま誰にも見せずにこらえている、そんなふうに感じたのです。でも、そんなところが生身の人そのもののようで、魂が宿っているように思えて……素晴らしい絵だと思いました」

一息に語る。

一部始終を聞き終えた男性は目を瞠り、それから長い長いため息をついた。

「観察眼の鋭さは父譲りか」

「え？」

「おまえの父親に描かせた絵だ。……グラッキーが筆を執る時、私はいつも自分が丸裸にされるような心持ちになる。彼の鋭い眼差しで内面までをも描写されるとな。彼はそれを絵筆で、そしておまえは言葉で伝えた。大したものだ」

「畏《おそ》れ多いお言葉です」

深々と頭を下げる。

人としては散々な父も、画家としては才能にあふれた天才だ。そんな人と息子の自分が一緒に褒められるなんてこれまでなかった。だから、うれしいというより落ち着かない。なにより人に褒められるなどこれまでなかった。

そんなレナートの言葉に、男性が訝るような顔つきになる。

「雑用係をしていると言ったが……仕事はどうだ。楽しいか。無理をしていないか」

「え？　あ……」

真っ先に、世話役の怒鳴り声が頭を過ぎった。近くを通るたび厭味《いやみ》を言う侍女や、世話役と一緒になってレナートをからかう下男たちも。

だが、それもしかたのないことだ。自分には教養があるわけではないし、これといった特技もない。父親のように一点突破できるほどの才能もない。

「こんなぼくにもお仕事をいただけて、ありがたく思っています」

胸に去来することを押しやって笑ってみせると、男性はなぜか顔を顰《しか》めた。

「目を見れば、おまえが嘘をついていることぐらいすぐにわかる」

そうしてひとつ嘆息すると、彼は黒尽くめの男たちに言い聞かせるように声を張る。

「レナート。今日からおまえを、私の世話係とする」

「えっ」

「陛下！」

成り行きを見守っていた黒尽くめの男たちがいっせいに詰め寄る。

「なにをおっしゃるのです。どこの誰ともわからぬものを」

「グラッキーの息子だ。身元ははっきりしている」

「ですが、雑用係を宮廷に上げるなど前代未聞」

「ならばその第一例とすれば良い」

冷静に論破する男性を見上げながら、レナートはざあっと血の気が引くのを感じた。

――陛下って、呼ばれてた…………。

考えてみればわかりそうなものを、気が動転するあまりそこまで考えが及ばなかった。

この国の皇帝ミハイル一世に対して自分はなんという無礼な口を利いていたのだろう。

「もっ…、申し訳ございません！」

いても立ってもいられず、レナートは無我夢中でその場に額《ぬか》ずいた。

「皇帝陛下への数々のご無礼、伏してお詫《わ》び申し上げます」

「どうしたのだ、急に。……まさか、今頃になって私が皇帝だと気づいたか」

なんと答えたらいいかわからず、ますます身体を縮こまらせる。

それを見た皇帝ミハイルは、なぜか小さく苦笑した。

「目通りの機会もなかったのだ。顔を知らずとも無理はない」

「ですが」

「私が良いと言っている。それより、おまえはもっと危機意識を持たなければならない」

「え？」

それはどういう意味だろう。

促されるまま立ち上がると、ミハイルは真剣な表情で顔を近づけてきた。

「考えてもみるがいい。皇后の首飾りを雑用係に届けさせるものがどこにいる。おまえは陥れられようとしていたのだ。現に、このものたちに見咎《みとが》められ、盗人として扱われるところだっただろう。今の仕事を続けていてはいずれその身にも危険が及ぶ」

ミハイルは侍従のひとりを呼び寄せ、レナートが運んでいた荷物を指す。

「この首飾りはおまえが直接アレクサンドラに届けよ。その場で中を検めさせ、少しでも不備や不足があれば宝石商と世話役を呼んで尋問するように」

「はっ」

侍従は荷物を掲げ持つなり、足早に部屋を後にする。レナートを盗人扱いした黒尽くめの男たちもミハイルの指示によって退室させられた。

わずかな侍従だけを残し、ミハイルがもう一度こちらをふり返る。その目は先ほどまでとは打って変わっておだやかで、清々しく澄み渡っているように見えた。

だからこそ、分不相応な申し訳なさがこみ上げる。

「あ、あの……ありがとうございます。でも、ぼくなんかでいいんでしょうか」

「そう萎縮《いしゅく》することはない。気が咎めるようなら私の気紛れということにしておけ」

「そんなっ」

思わずふるふると首をふる。いくらなんでもそんな恩知らずなことなんてできない。

そう言うと、ミハイルはふっと目元をゆるめた。

「私がおまえを世話係に選んだ理由がわかれば良いのだな。簡単なことだ。おまえの話がおもしろかったからだ。先ほどの絵の話は実に興味深かった」

「ほんとうですか」

「あぁ。だから私は、おまえともっと話をしてみたい。世話係として私のために尽くしてくれるか」

「はい！　よろこんで！」

うれしさのあまり、つい大きな声が出る。

それを聞いたミハイルはペールブルーの目を丸くし、それから声を立てて笑った。

「頼もしく思うぞ。レナート」

「精いっぱいお仕えいたします。ミハイル様」

顔を見合わせて微笑み合う。

かくして、これまでとはまるで違う日々が幕を開けることとなった。


「ミハイル様、ミハイル様、こちらのお色はいかがでしょう」

晩餐会《ばんさんかい》を数日後に控えたある日のこと。

侍女たちが用意してくれた衣装の中から、レナートは選りすぐりの上着をミハイルの前に差し出した。これぞと思うものを勧めてくれとのことだったので、僭越《せんえつ》ながら彼によく似合いそうなものをと心をこめて選んだ次第だ。

「おまえはどちらが良いと思う」

「ぼくですか？　えぇと、ぼくの意見を申し上げても良いなら……こちらの紺色は上品で、いつもお召しになっていらっしゃる軍服のように素敵だと思います。水色の方はミハイル様の瞳と同じ色なので選んでしまいました。爽やかでやさしい印象なのでお召しになったところを見てみたくて……。どちらも、とてもよくお似合いになると思います」

「なんとも勧め上手だな。それでは選べないではないか」

ミハイルが明るい声を立てて笑う。

それを見た侍女たちはぽかんとするばかりだ。なんでも、レナートが世話係になるまでミハイルが笑ったところを見たことがなかったそうだ。衣装を仕立てるお針子たちからも、最近ミハイルの態度がやわらかくなったように思うと聞いた。

レナートからすれば、ミハイルはよく笑うように思う。

時々、どこか遠くを見るような目をすることはあるけれど、聡明で思いやり深く、なによりやさしい。こんな自分のようなものも気にかけて危ないところを助けてくれた。

あの日、偶然通りかかったミハイルに救われたことでレナートの人生は一変した。

第一に、給金が増えたことで母親に新しい靴を買ってやることができた。

それから、相部屋ではあるけれどきちんとしたベッドが宛《あ》てがわれ、服や靴などのお仕着せも一揃い支給された。身なりや言葉遣い、礼儀作法なども徹底的に叩きこまれ、仕事の内容も同僚たちからひとつひとつ教えてもらった。

おかげで、なんとかこうして勤めさせてもらっている。上流社会は思いもよらないことばかりで、戸惑うことも多いけれど、ミハイルに恩返しをしたい一心で慣れないながらも頑張っているところだ。

「……なるほどな」

しばらくして、ミハイルが微笑みながら水色の上着を手に取った。

「おまえの本音は目を見ればわかる。こちらにしよう」

「畏《かしこ》まりました」

うれしくて声に出そうになるのをなんとかこらえ、いそいそと試着を手伝う。

そんなレナートを鏡越しに見ながらミハイルは「まったく……」と苦笑を浮かべた。

「こちらが良いと思ったのなら、はじめからそう言えばいいものを」

「ミハイル様に選んでいただきたかったのです」

「それであんなに目で訴えていたのか」

「そ、そんなにわかりやすかったでしょうか……」

「おまえは特にな。嘘はつけまい」

上着に袖を通しながら、ミハイルは「あぁ、そういうことか」と動きを止める。

「おまえの人を見る目は鋭い。だが、自身のこととなると途端に不得手だ。それを不思議に思っていたが、自分の目だけは自分で見られない。そういうことではないだろうか」

「そうかもしれません。でも、ぼくはそれで充分です。世話係はミハイル様のことをよくよく見て、そうとお望みになる前に先回りする仕事と教わりました。ですから、それさえきちんとできれば」

ミハイルは意外そうな顔をした後で、悪戯っ子のように片目を瞑った。

「ならば、次に私がなにを望むか、わかるか」

「はい。とてもよくお似合いです」

上着の前を整えたレナートは、一歩下がると感じたままを素直に述べる。凛々《りり》しくて、それでいてほのかな色気さえ纏っていて、言葉にしきれないほどとても素敵だ。

思いをこめて見つめると、ミハイルはとうとう「ふはっ」と噴き出した。

「わかったわかった。伝わった」

口元を押さえる彼につられてレナートもまた頬をゆるめた時だ。

ココココン！　と忙しないノックに続いてひとりの侍従が部屋に入ってくる。ミハイルの腹心であるダラドだ。

「お召し替え中に失礼いたします。謁見の前にお耳に入れたいことがございまして」

ダラドは応《いら》えも待たずにこちらに近づいてくると、世話係など見えていないとばかりにグイとレナートを押し退《の》けた。

「皇后陛下が」

その一言でミハイルの顔つきが変わる。

なんでも、皇后のお気に入りの貴族たちが彼女に離宮を建てることを勧めているというのだ。「そこで演奏会を開いてはどうか」と入れ知恵されていると聞いて、ミハイルは形の良い眉を顰《ひそ》めた。

「演奏会？　彼女に音楽の趣味があるとは初耳だが」

「金輪際もございませんでしょうな」

ダラドが大きく突き出た腹を揺らしながら大袈裟《おおげさ》に肩を竦めてみせる。

情報通な彼のおかげで宮廷内の動きが手に取るようにわかる。けれどその反面、狡猾《こうかつ》な蛇を思わせる三白眼を怖ろしく感じることもあった。

「お気に入りの連中を集めて夜ごとパーティでも開くおつもりなのでしょう。派手な仮面をつけて、夜通し踊るのだと耳にしたことがございます」

「それが事実なのだとしたら、アレクサンドラの放蕩《ほうとう》には困ったものだ」

「陛下から強く言っていただかなくては周りの貴族たちもつけ上がるばかり。今にもっと要求をエスカレートさせてあれもこれもとねだるに違いありません」

「わかっている」

　ミハイルが重いため息をつく。

　こんな横顔をもう何度間近にしただろう。世話係になり立ての自分でさえそうなのだ。周囲の人間たちや泥《いわ》んや、これが彼の日常に他ならない。

　――おいたわしいミハイル様……。

　聞こえないように小さくため息をついた時だ。

　たくさんの足音が廊下の向こうから近づいてきたかと思うと、ノックもなく扉が開いた。

「ごきげんよう」

　入ってきたのはよりにもよって皇后アレクサンドラだ。後ろには貴族やおつきのものが続いている。レナートは慌ててその場に膝《ひざ》を折り、最敬礼で頭を下げた。

「アレクサンドラ。見てのとおり、私は今取りこんでいる。後にしてくれないか」

「あら。あなたの大切な妻がご機嫌を伺いにやってきたのよ。それ以外のことを後回しになさるべきでしょう」

　アレクサンドラは細い顎《あご》を上げ、よく通る声で話し続ける。

「それより聞いてちょうだい。宝石商に作らせた首飾りの出来があまり良くなかったの。わたくしの言ったとおりに作ってとあれほど頼んでおいたのに。しかたがないから挽回の機会をあげることにしたわ。首飾りにイヤリング、それにティアラも全部新しいデザインで仕立てるの。ドレスも二十着ほど作らせることにしたのよ。皇后たるもの、同じものを二度も着たくありませんからね。それから……」

まるで嵐《あらし》だ。相手の都合などお構いなしに話し続ける姿勢もさることながら、内容にも驚かされた。

国民の多くが貧困に喘いでいることをこの人はあまりに知らなさすぎる。皇后ひとりが着飾ったところで餓死者が減ることも、国が栄えることもない。

無論、そんなことを口にしようものなら不敬罪で首が飛ぶだけだ。自分の場合は宮廷に父もいる。滅多なことを言ってはいけないと唇を強く引き結びながらも、頭の中にはわずかな食料で食いつなぐ家族の痩《や》せた顔が浮かんだ。

レナートが内心戦慄《わなな》いている間にも、アレクサンドラは離宮がほしい、オペラが観たいと次から次に要望をぶつける。

それでもミハイルはたじろぐことなく、冷静に妻を諌《いさ》めた。

「個人のささやかな楽しみをすべて奪うつもりはないが、皇族には保つべき品格があり、そのために莫大《ばくだい》な国家予算を投入している。それは当然限りのあるものだ。計画的に投資しなければ国家運営は立ち行かなくなる」

「まぁ！　なんて冷たい人。あなたにはどうせわたくしの気持ちなんてわからないのよ。わたくしは籠《かご》の中の鳥なのよ？　ほんの小さな気晴らしさえ許されないなんて」

感情的に喚き立てる皇后にレナートは絶句する。実際のところ、劇場では毎回演目の途中で居眠りをしていると侍女から聞いた。彼女の目的は出しものではない。そこに集まる同類たちなのだ。

「アレクサンドラ」

いよいよミハイルの口調が厳しくなると、アレクサンドラは一瞬怯《ひる》んだ。

「私たちの結婚は二国の友好の証《あかし》だ。おまえを捕虜だと思ったことは一度もない。また、誰ひとりとしておまえをそのように扱った事実はない。違うか」

「本音と建て前は違うでしょう。ルーシェはロシアを乗っ取ろうとしているのよ」

「なんということを口にするのだ。いくら皇后でも、言っていいことと悪いことがある」

「放っておいて。わたくしのことはわたくしが決めます」

「アレクサンドラ！」

夫の叱責にも耳を貸すことなく、彼女はくるりと踵を返すと足音荒く立ち去っていく。供らがぞろぞろとそれに続くのを見送ってミハイルは長いため息をついた。

「東方の姫君は血気盛んなことでございますね」

ダラドが鼻眼鏡《はなめがね》を押し上げながら呆れたように片眉を上げる。

「おまえまで滅多なことを言うものではない。いつどこでロシアに洩れるかわからないのだぞ」

「情報戦ならお任せを。裏をかいて必ずや沈めてご覧に入れます。さすれば大国ロシアにすら思いどおりにならぬ国として、ルーシェの名はさらに轟くことになりましょう」

痛烈な皮肉にもはや反論する気も起きないのか、ミハイルは片手で顔を覆った。

そんな彼を、腹心は「陛下」と強く促す。

「皇后様のおふるまいは周辺諸国も知るところ。国家弱体化の好機と捉えられ、またいつスウェーデンに攻めこまれるか……プロシアとの緊張状態も予断を許さぬ状況です。ここは強く皇帝の威厳をお示しください」

「わかっている。私もこのままで良いとは思っていない。もう一度、夜にでも話し合ってみよう」

ミハイルの言葉にようやく満足そうに頷いたダラドは、「お召し替えが終わられましたらお呼びください」と言い置いて部屋を出ていく。

あとにはミハイルとレナートがふたりきりで残された。

刺々《とげとげ》しい空気に触れたせいでまだうまく緊張が解けない。部外者の自分でさえそうなのだ、彼の心労やいかばかりだろう。

「嫌なものを見せたな」

「いえ…、あの………ミハイル様は、大丈夫ですか？」

こんな時、なんと言ったらいいかわからず、ついそんなふうに訊ねてから失礼だったとハッとする。

「申し訳ありません。大丈夫なわけないですよね。ごめんなさい。ぼく……」

平身低頭謝っていると、やさしく肩を叩かれた。

「謝るのは私の方だ」

「ミハイル様」

「家族とは名ばかりの家庭を築き、その好き勝手を正すこともままならない」

アレクサンドラは一事が万事あの調子で、国を慮《おもんぱか》る気などさらさらなく、彼女のお気に入りの貴族たちは皇后の権威を笠《かさ》に着て好き放題しているという。

七歳になる血のつながらない息子アレクセイも母親そっくりで、自分の思いどおりにならないと癇癪《かんしゃく》を起こして暴れるのだそうだ。どんなに乳母や教育係が進言してもアレクサンドラは聞く耳を持たず、まるで窘《たしな》めもしないらしい。

「あの子の意思決定はすべてアレクサンドラが行っている。いくら実子でないとはいえ、傀儡《かいらい》のようだと思ってしまう私は冷たい人間だ」

「そんなことはありません」

考えるより先に言葉が出ていた。

「ミハイル様は、冷たくなんかありません。ぼくを助けてくださいました」

「レナート」

「ぼくや父を雇ってくださったおかげで家族は暮らしていけます。父の我儘を許してくださって、ぼくのようなものまでお傍に置いてくださって、ほんとうに感謝しています」

ミハイルが噛み締めるように長い長いため息をつく。どうしたのだろうとハラハラしながら見守っていると、彼はしばらくしてゆっくりと顔を上げた。

「おまえには救われる」

「え？」

「私が今、なにを考えているかわかるか」

顔を覗きこまれ、ペールブルーの双眼が間近に迫る。いつもは泰然としていて頼もしく見える目も今ばかりは覇気が感じられなかった。

「申し上げにくいのですが……、お疲れのように見えます。それから、お寂しそうにも」

「ならば、おまえが癒《い》やしてくれ」

グイと手首を摑まれ、そのまま部屋の隅にある長椅子まで引っ張っていかれる。なにをするのだろうと戸惑うレナートを座らせたミハイルは、あろうことか世話係の膝に自らの頭を預けてきた。

「え？　え？」

それが俗に言う『膝枕』だと気づいたのはしばらく経ってからのことだ。はじめのうちは驚くばかりで身動《みじろ》ぎひとつもできなかった。

「あ、あの、ミハイル様。皇帝陛下がこんなはしたないことをなさっては……」

「ここには私とおまえしかいない」

「ですが、あの…、お休みになるのでしたらベッドできちんと……」

「眠りたいわけではない。癒やされたいのだ」

そう言ったきり、ミハイルは目を閉じてしまう。

こうなってしまうとそれ以上は言えず、せめてこの時間が少しでも快適であるようにと呼吸を抑える。できるだけ動かないように、物音を立てないようにと気をつけていたにもかかわらず、こんな時に限って胃が「くぅ…」と鳴ってしまい、それを聞いたミハイルに目を閉じたまま笑われた。

「腹が減っているのか」

「すすす、すみません。ぼくのことはお気になさらず……」

「なにを言う。私はおまえを寝台代わりにしたいわけではないぞ」

「ミハイル様？」

小さく問うてみたけれど、それ以上言葉にするつもりはないようだ。

代わりにゆっくりと息を吐く彼の身体から少しずつ力が抜けていくのがわかった。

「あぁ、おまえといるとほっとする」

「もったいないお言葉です」

「おまえが后《きさき》であったらどんなに良かっただろう」

「…………え？」

あまりに思いがけない言葉に答えも返せないまま心臓が跳ねる。

彼は今、后と言った。皇帝の伴侶にレナートをと。

――そんなこと……。

現実になるわけがないとレナートは内心首をふった。

彼にはれっきとした妻がいる。たとえ冷え切った関係であってもそれが政略結婚である以上、国と国との関係維持のために絶対に壊してはならないものだ。

――それ以前にぼくは男だし、それに、使用人だから。

本来であれば、世話係にすらなれない身分の人間だ。同性同士の恋愛も国教で固く禁じられている。逆立ちしたって実現しようのないことなのだ。

それなのに。

どうしてドキドキしてしまうのだろう。どうして言葉の意味を確かめたいと思ってしまうのだろう。

無意識のうちに喉が鳴る。

それが聞こえたのか、ミハイルがうっすらと瞼を開いた。

「あ――」

目が合った瞬間、ペールブルーの虹彩《こうさい》に細波《さざなみ》が広がるようにして一気に熱を帯びるのがわかる。瞳はやわらかな色味を手放し、代わりに意志の強さを表すような濃い青色へと変わっていった。

考えていることを読まれてしまったのかもしれない。

慌てて目を逸らそうとしたものの、それより早く手を取られ、指を絡めてつながれた。

「わっ……」

はじめて触れた手のあたたかさに鼓動がさらにトクトクと逸る。触れたところから熱が流れこんできて、あっという間に自分の中をいっぱいにした。そのせいだろうか、顔が熱くなって困ってしまう。

そんなレナートを見たミハイルは、小さくくすりと笑みを洩らすと、満ち足りたように再び瞼を閉じた。

「このまま少し休む。ダラドが来たら起こしてくれ」

さっきは「眠りたいわけではない」と言っていたけれど、気が変わったようだ。

——安心してくださったのかな。

心労の絶えない彼のせめてもの癒やしになれればと、レナートは思いきってその美しい金髪に手を伸ばした。幼い頃、母親にこうして髪を撫でてもらうのが好きだった。ほっとしていつもすぐに眠ってしまったものだ。

そんなことを思い出しながらそっと金色の髪を撫でる。よく眠れますように、いい夢が見られますようにと思いをこめてくり返していると、ミハイルが目を閉じたままふわりと笑った。

そのやさしくも艶やかな微笑みに胸はトクトクと高鳴っていく。

絡めた指先から広がる甘やかなものを、レナートは期待とともに受け止めた。


「――うまくいったようだな」

ドアの隙間《すきま》からするりと滑りこんでくるなり、ミハイルが安堵《あんど》に目を細める。

「はい。見つからなくて良かったです」

先に来て待っていたレナートも、うまく合流できたことにほっと胸を撫で下ろした。

ここが宮殿の中であるにもかかわらず、ふたりが人目を忍んでいるのにはわけがある。

遡《さかのぼ》ること半月前、庶民の分際でありながらレナートが皇帝の世話係として召し抱えられたことが広がるや、宮廷内にはそれを快く思わないものの声が生まれた。

『皇帝が特定のものを贔屓《ひいき》するなどあってはならない』

それが反皇帝派である貴族たちの言い分だ。

皇帝であるミハイルにつくものたちが優遇されやしないか逐一目を光らせている彼らは、

皇后にゴマを擂《す》り、甘い汁を吸っているにもかかわらず、相手がいい思いをすることはそれがなんであれ許せないらしい。

事実、そのほとんどは言いがかりだ。

元庶民が皇帝の世話係に召し上げられたからといって彼らの待遇が下がるわけはないし、ミハイルの側近が宮中を取り回していることも冷静に考えれば当たり前のことだ。それでも皇后派は有無を言わさず圧力を強め、独自の理論をふりかざした。

それを知った時、どうしようと不安になった。

けれど、そんな窮地をミハイルはむしろ好機と捉えたようだ。相手を真正面からやりこめるのではなく、懐柔して味方につけようと水面下で諜報員《ちょうほういん》を放ちながら駆け引きを行う作戦に出た。

まず手はじめに、彼はこれまで腹心ダラドに任せていた仕事を分散させた。

どの派閥にも属さないもの、皇后に心酔しているもののふたりの人選を行い、ダラドも含めて平等に仕事を分担させることで情報連携をしやすくさせた。この人事には皇后派が散々口を出してきたが、自分たちの仲間を頭数にねじこんだことで一定の成果を上げたと受け止めたようだ。

同じように、皇帝の身の回りの世話をするものもあらためて五人と定められた。

レナートもそのひとりだ。五人それぞれが日替わりで宮殿に上がる。つまり、週に一、二度しかミハイルと顔を合わせる機会がないということになり、気晴らしに話でもと思うたびにこうしてひとけのない場所を探すことになるのだった。

「まったく、落ち着かないことだ」

ミハイルが憮然《ぶぜん》と顔を顰める。

「お気持ちお察しいたします。それでも、今だけはこうしていられるのですから」

レナートは眉根を下げながら眼差しでミハイルを宥《なだ》めた。

彼がそう言うのも無理はない。

唯一プライバシーが保たれるはずの私室には皇后やその側近たちがひっきりなしに訪れるようになり、近頃は落ち着いて過ごせなくなりつつある。いくら控えるよう言っても皇后は聞く耳を持たず喚くばかりだ。皇帝に逃げ回るような真似をさせるなんて腹立たしくあったものの、彼の心労を思えば私室を飛び出すしか方法がなかった。

人の目の絶えない宮殿にあって、ふたりきりになれる場所など限られている。

この間の膝枕を気に入ったらしいミハイルに「またあんなふうにのんびり過ごしたい」とねだられ、それを叶えたい一心でこの小部屋での待ち合わせを提案したのだった。

「なんだか隠れんぼみたいですね」

「なるほど。そういう考えもある」

顔を見合わせてくすりと笑う。

先に椅子にかけたレナートが「いつでもどうぞ」と膝枕の体勢を整えたものの、なぜかミハイルは隣に腰を下ろしたきり、寝転がろうとしない。それどころか肩に手を回され、ゆっくりと引き寄せられた。

「わ…」

軍服のひんやりとした感触と衣擦《きぬず》れの音が五感を奪う。逞しい胸から直《じか》に伝わってくる鼓動に、レナートの心臓までドクン、と跳ねた。

「あ、あの……」

「もう少しこうしていたい」

低く掠れた声を耳に吹きこまれ、ぞくぞくとしたものが背筋を這《は》う。ミハイルのやわらかな唇が耳殻に、こめかみに、そして髪にそっとキスを落としていくのをレナートは息を殺し、身動ぎひとつせずに受け止めた。

――――ミハイル様が……。

心臓は壊れたように早鐘を打つ。触れたところから熱を埋めこまれ、内側から炙《あぶ》られていくようだ。

大きな手のひらが頬を滑り降りたかと思うと、下からそっと頤《おとがい》を掬《すく》った。

「レナート。顔を見せてくれ」

ドキドキと胸を高鳴らせながらペールブルーの目を見上げる。いつもは湖のように澄みきった碧眼《へきがん》が、今は獰猛《どうもう》なまでの熱を孕んでじっと自分を見下ろしていた。

「私のレナート……」

甘く飢えた声で呼ばれて期待しない方がどうかしている。己の欲深さを突きつけられながらも抗《あらが》うこともできず、レナートは吐息をふるわせながら美しい瞳を見つめ続けた。

目を見ればすぐにわかる——なにを欲しているか、赤裸々なほどに。

こくり、と喉が鳴った。

顎を持ち上げていた手がそっと離され、代わりに手を握られる。

「おまえしかいない世界で生きたいと願ってしまうことがある」

「ミハイル様……」

「皇帝は自分を殺して生きる義務があると教えられて育った。……だが、私とてひとりの人間だ。心もあれば感情もある。それを捨て去ることはできない」

つないだ手を強く握られ、心臓が一際大きくドクンと跳ねた。

「おまえと出会って、私は変わった。おまえが来る日を心待ちにするようになった」

「ぼくも同じです」

頭の中でもうひとりの自分が「身分と立場を弁《わきま》えよ」と警鐘を鳴らす。

けれど、気づいた時には言葉がこぼれ出ていた。

「ぼくもこの広い宮殿の中で、ミハイル様のお姿を拝見するとほっとします。笑ってくださるとうれしくて……何度も思い出して、それでお仕事に励むように」

「おまえもか。おまえも、私のことを思い出してくれていたのか」

「はい。いつも」

頷くと、ミハイルの目にさらに熱が籠《こ》もる。

「私もだ。とかくままならない日々の中で、何度おまえの笑顔を思い出したことだろう。おまえが笑っていてくれさえすれば、他にはもうなにも望まぬ」

「いけません。そんなことをおっしゃっては……」

ただでさえ宮廷の中には様々な思惑が渦巻いている。いつどこで誰が聞き耳を立てているかわからないのだ。

諌めるレナートに、けれどミハイルは譲らなかった。

「誰に咎められようと、私はおまえを」

「いけません。ミハイル様」

「なぜだ。なぜ拒む。これは私の独りよがりな想いなのか」

「いいえ。……いいえ。だからこそ」

鼻の奥がツンと痛くなるのをこらえながら、レナートは懸命に首をふる。

「ミハイル様は皇帝陛下です。この国の頂点に立たれるお方です」

「私が自由意思を持ってはならぬと誰が決めた」

「ぼくは使用人です。本来であれば、こうしてお傍にいることすら許されない立場です。……それに、同性愛は国教で固く禁じられていることをご存知でしょう。ミハイル様には一点の曇りも許されません」

それでもミハイルが悔しそうに顔を歪める。彼とて充分すぎるほどわかっている話だ。

「私にとっておまえの存在が曇りだとでも言うつもりか。いくらおまえの言うことでも、それだけは決して許さない」

「ミハイル様」

「おまえは光だ。私の希望、そのものだ。希望を求めることがなぜ許されぬというのか。なにものにも阻まれてはならない。……レナート、私はおまえを心から愛している」

「――――」

時が、止まった。

空気に触れた愛の言葉が胸に深く突き刺さる。息もできずに見つめるレナートの手を、ミハイルは両手で握り締めた。

「おまえはどうだ。私を、少しでも特別だと思ってくれているか」

「もちろんです。ミハイル様はぼくの光です。どうしてミハイル様が特別でないことなどあるでしょうか」

「レナート」

「それでも……怖いのです。この手を取ってしまうことが」

しかと握られた手を見下ろす。自分が同じように彼の手を取ったらなにが起こるのか、想像しただけで身体がふるえた。

「ためらうことなどなにもない。私が望むのはおまえだけだ」

「ミハイル様」

「私のものになってくれ。私だけを愛すると」

「あ…」

「おまえを愛している。愛しているのだ」

ミハイルが両手の上からくちづける。願うように、祈るように、なりふり構わず愛を乞われて胸の奥がぎゅうっとなった。

——ミハイル様……。

狂おしいほどに求められて心の枷《かせ》が外れてしまう。こらえなければいけないことは百も承知で、その戒めを解いてしまいたくなる。なぜなら自分も同じだからだ。

はじめて会った時からずっと、密《ひそ》かに彼を想ってきた。

ミハイルの傍にいられることをよろこびとし、右も左もわからない宮廷の中でその姿を探し続けた。自分にとってミハイルは心の支えであり、拠り所だ。光であり、愛であり、希望であり、そのすべてだ。

――――そんな人が、ぼくを…………。

同じだけの強さで愛してくれていると知った今、心を縛る鎖は消えた。これ以上秘密になんてしておけない。

いけないとわかっている。それでも。それでも。

「レナート」

熱を帯びた声で名を呼ばれ、これまで感じたことのないような甘やかな疼《うず》きがたちまち全身に広がっていく。ぞくんと肩をふるわせると、腕を回され引き寄せられた。

「私の愛を受け取ってくれるか。私に、おまえを愛させてくれるか」

「ミハイル様、ぼくは……」

「おまえの目は嘘をつけない。私はそれを知っているぞ」

まっすぐに見つめられ、もはや観念するしかなかった。

心の映し鏡である双眸《そうぼう》には、きっと狂おしいほどのミハイルへの想いが映っていることだろう。どれだけ言葉や態度で否定しても無駄だ。彼にはもう見抜かれている。それを、今はじめてうれしいと思った。

「ミハイル様……お慕い、しております」

ふるえる声で口にする。

その瞬間、息もできないほど強く強く抱き締められた。

「レナート。レナート。レナート……！」

「ミハイル様」

愛しい相手の胸に顔を埋め、心臓は壊れそうなほど早鐘を打つ。それでもまた信じられない気持ちと、夢ならどうか醒《さ》めないでと願う気持ちで心は揺れ動くばかりだ。

そっと腕の力がゆるんだかと思うと、再び頤を持ち上げられた。見上げた瞳には自分が映っている。この目にも彼自身が見て取れるだろう。ふたりきりの世界の中でミハイルが万感の思いに微笑んだ。

「レナート……愛している」

静かに唇が重なる。一度、二度、窺うように触れてきた彼の唇は次第に大胆さを増し、想いのすべてを明け渡そうとするかのように強く、深く重なってきた。

「んっ…、ふ……」

「息を止めなくていい。鼻で吸えばいいんだ」

「で、でもそれじゃ…、ミハイル様、に……、んっ……」

呼気がかかってしまうと訴える間もなく、開いた口の隙間からぬるりとしたものを差し入れられて、驚きに目を丸くする。

――ミ、ミハイル様の舌が、入って……！

生まれてこのかた、キスなんてしたことがなかった。

母親から額に『おやすみのキス』をしてもらったり、父親の頬に『行ってらっしゃいのキス』をしたことはあっても、唇で情愛を伝え合うための『恋人のキス』ははじめてだ。

ちゅっと触れたらそれで終わりだと思っていた。

「んんっ…、ん……ふっ……ぁ、……」

彼の舌はなんて熱いのだろう。それに、ぬるりとしていてとても甘い。

舌自体が意思を持った生きもののようにレナートの咥内《こうない》を動き回り、自分でさえ知らなかったなにかを暴いていく。歯列を辿《たど》られればくすぐったさに身を捩《よじ》り、舌を擦られればはじめての感覚に戸惑い、舌同士を絡めながら強く吸われてぞくぞくとしたものが背筋を這い上った。

「んんんっ」

まるで嵐だ。

愛している、その気持ちだけで頭も心もいっぱいになってしまう。それを愛する人と共有しているのかと思うと天にも昇るような心地だった。

誰かに大切にされるよろこびも、誰かのために尽くすよろこびも、ミハイルに出会ってはじめて知った。誰かを愛するしあわせも、誰かに愛されるしあわせも、全部ミハイルが教えてくれた。

――――なんてしあわせ………。

気づいた時には、一滴の涙がつうっと頬を滑り落ちていた。

今この瞬間、世界が終わっても構わない。この命を差し出しても構わない。そう思えたことが自分にはなによりのしあわせだから。

ゆっくりと唇が離れていく。

「泣いていたのか」

そっと涙を拭《ぬぐ》われ、目を開けると、ミハイルがやさしい目でこちらを見ていた。

「私のレナート。愛している……。なにも心配しなくていい。おまえはこの私が守る」

宣言とともにミハイルが目の前に跪《ひざまず》く。皇帝ともあろうものが膝をつくなんてと慌てるレナートを制した彼は、黙って手を伸ばしてきた。

そっと右手を取られ、恭しく押し抱かれる。そうして騎士が忠誠を誓うように手の甲にくちづけられた。

「おまえに永遠の愛を捧げる。これがその誓いの証だ」

「ミハイル様」

「私の心は常におまえとともにある。それだけは忘れないでいてくれ」

もう片方の手を上に重ね、ぎゅっと手を包まれる。そのあたたかさ、眼差しの真剣さに、レナートは何度も何度も頷いた。

「はい。……はい、っ……」

またもぽろぽろとこぼれる涙を、今度は微笑みながらミハイルが拭ってくれる。

今ほどしあわせだと思うことはなかった。


毎日は夢のように過ぎていった。

宮廷内の派閥争いは依然として続いており、ギスギスした雰囲気は決して居心地が良いとは言えなかったけれど、ミハイルがいてくれるだけでレナートにはそこが楽園だった。

それはミハイルも同じだったと思いたい。

だが、自分と決定的に違うのは、彼が皇帝だということだ。先祖たちがそうしてきたようにこの国の舵《かじ》取りに日々追い立てられるのを離れたところから仰ぎ見ながら、もどかしい思いに駆られることが度々あった。

東方や西欧からの外圧は日々高まりつつある。

直接ぶつかることを避けながら、できるだけ有利に、うまく立ち回らなければならない。

ルーシェの基盤を磐石なものにしておきたい彼の双肩には数々の難問と責任が積み上がり、会うたびに疲労の色が濃くなっていった。

——せめて、お傍にいられたら……。

一番近くで支えることができたらいいのに。疲れを癒やしてもらうためにできることがあればいいのに。こんな時、身分の差を嫌というほど痛感させられた。

ただの世話係に過ぎない自分が毎日宮廷に上がることは許されない。気軽に会いに行くことはできないし、たとえ姿を見かけたとしてもおいそれと声をかけることもできない。

それでも、広い宮殿の中でミハイルの気配を感じられるだけでうれしかった。それ以上など望むべくもなかった。

けれど――。

ささやかなしあわせは、一年もしないうちに終わりを迎えてしまうことになる。

「おい。聞いたか、あの噂」

「あぁ。まさか陛下がな……」

ミハイルとレナートが良からぬ関係を持っていると黒い噂が蔓延《まんえん》したのだ。

皇帝はいたいけな少年に入れ上げ国政を蔑《ないがし》ろにしているとか、庶民出の世話係は皇帝を籠絡《ろうらく》し私利私欲を満たそうとしているだとか、多分な嘘を織り交ぜたふたりの話はたちまち宮廷中の人の知るところとなった。

怖ろしいことに、噂の発端はアレクサンドラだった。皇太子派が裏で動いていたことを彼女は隠そうともしなかった。

生真面目な夫からたびたび皇后としての在り方を説かれ、嫌気が差していたのだろう。

腹癒せの機会を虎視眈々《こしたんたん》と窺っていた彼女は皇帝付の世話係や侍従を次々と金で買収し、ミハイルの弱みになりそうな情報を集めていたのだ。その中で浮上したのがレナートとの関係だった。

自らの裏切りを棚に上げ、夫の不義をこれ幸いとアレクサンドラは反撃に出た。

現皇帝は正しい道を見失っている、この国には新しい皇帝が必要だとのプロパガンダを実行し、息子アレクセイを擁立すべく皇太子派を結集した。噂をばらまいたのもその一環だろう。前々から計画されていた手際は鮮やかで、皇后には強力なブレーンがついていることを見せつけた。

すべてが、あっという間の出来事だった。

自分に向けられる周囲の視線が怖ろしく冷たくなったのを肌で感じた。下卑た好奇心に満ちており、中には明け透けに関係を訊ねてくるものさえあった。

宮廷というものは華やかだが、贅沢《ぜいたく》に慣れきった人間には退屈だ。だからこそ日常茶飯事のようにゴシップが流されては消えていく。

それでも、伝統を重んじるルーシェ人たちは不敬にはこれまで頑なに口を噤《つぐ》んできた。そんな宮中のしきたりを破ってでも人々が噂を口にしたのは事態を重く見たせいだ。国教会は同性愛を禁じている。たとえ皇帝であっても許されない。ロシアになど勘づかれたらそれこそ外交問題に発展してしまう。

だからこそ、誰にも知られてはならない恋だった。

「最悪のカードを引かれたものだ」

人々は皇帝の所業をそう表した。

レナートを傍に置いたのは関係を持つことが目的だったのではと揶揄《やゆ》する声が後を絶たない。ミハイルは同性愛者だとの噂が広がり、そんな夫との間にそれでも子を成したアレクサンドラを讃えるような風潮まで広がった。

これまでのすべてがガラガラと音を立てて崩れていく。

皇帝を誑《たぶら》かした悪者だと後ろ指を指され、心ない言葉を投げられながらも、レナートは反論さえ許されずじっと堪え忍ぶしかなかった。自分が今こうしているように、彼もまた辛い思いをしているに違いない。ミハイルのことを思えばどんなことでも耐えられた。

噂が蔓延して以来、ミハイルとは会えない日々が続いている。それでも世話係を除名にならなかっただけありがたいと思うしかなかった。

愛する人を心の支えにしながら嵐のような日々に耐える。

だが、それがまた皇太子派の嗜虐《しぎゃく》心を煽《あお》ったようだ。暴言では痛くも痒《かゆ》くもないかと、今度は陰湿で執拗《しつよう》な厭がらせをされるようになった。

足を引っかけられたり、階段で押されたりといったことは序の口で、食事にゴミを入れられたり、ベッドに大量の針を仕込まれたり、さらにはレナートが宝石を盗んだとあらぬ疑いをかけるものまで現れた。

一日中折檻《せっかん》されるようになり、身体には数えきれないほどの痣《あざ》ができた。自ら宮廷を出ていくように仕向けたいのだろう。「ここを出れば楽になるぞ」と耳元で囁《ささや》かれるたび、レナートは頑として首をふった。

ミハイルは永遠の愛を誓ってくれた。心は常にともにあると。

それなのに、どうして自分だけ逃げ出すことができるだろう。

ミハイルの愛を支えに毅然とふるまうレナートに、皇太子派はいよいよ手段を選ばなくなる。同様に痺《しび》れを切らしたのは彼らだけではなかった。

「なんてことをしてくれたんだ……！」

一連の騒動に、とうとうミハイルの腹心ダラドが動いた。

彼は突き出た腹を揺らしながら部屋の中を歩き回る。直々に呼び出された時から覚悟はしていたものの、こうして面と向き合うとその表情の険しさに身体が竦んだ。

いつもはミハイルの私室で顔を合わせる程度だったから、ふたりで話すことさえはじめてだ。蛇のような冷たい目でジロリと睨まれ、レナートは息を呑むしかなかった。

「言っておくが、私は無駄口を叩く人間が大嫌いだ。お情けに縋ろうったってそうはいかないから覚悟しておくんだな」

ミハイルと一緒にいた時には見たこともない表情だ。それに、話し方もひどく冷たい。

怯える相手などお構いなしに足音荒く目の前にやってきたダラドは、レナートを眼光鋭く見下ろした。

「単刀直入に訊く。陛下を誑かした目的はなんだ。金か？」

「滅相もありません。ミハイル様とは絵を通してお話が弾んで……」

「それで陛下はおまえのようなものをわざわざ愛妾《あいしょう》に選んだと？　庶民の出で、父親のような才能もないおまえを？　笑わせるな。貴族の娘なら他にいくらでもいたのだぞ」

「……っ」

「陛下にも困ったものだ。ただでさえロシアとは微妙な状態が続いているというのに……これではアレクサンドラ様のお顔に泥を塗るようなもの」

ダラドが重いため息をつく。

「いずれにせよ、身の程を弁えない愛妾など愛妾たる資格もない。まして男だ。国教会が認めていない関係を宮廷で続けられると思うな」

「ダラドさん。でもぼくはっ……」

「ルーシェ皇帝の栄光に傷をつけるな。おまえの存在自体が陛下の名を穢している」

「――――」

きっぱりと言いきられ、目の前が真っ暗になった。

身分の低さも、性別も、自分ではどうやったって変えられない。

けれど、そのせいでミハイルの名を穢すと言われ、レナートの心はグラグラと揺れた。

「おまえに三日の猶予をやる。暮らしていけるだけの金もやろう。陛下の御身を思うなら身を引くように」

愕然としたままのレナートに決定事項が言い渡される。

ダラドが出ていったドアを見つめたまま、長いことその場から動けなかった。


「――国教会から正式に通告が参りました。もはや一刻の猶予もございません」

謁見が終わるなり、重々しい口調でダラドが告げる。

それを玉座の上で聞きながらミハイルは暗澹《あんたん》たる思いに顔を覆った。

自分たちの噂が宮廷を席巻していることは早々に気づいていた。あれほど気をつけていたにもかかわらず、情報が洩れるのは不自然だということも。

現に、腹心にして情報戦に長《た》けたダラドですら寝耳に水だと驚いていたほどだ。そんなことができる人間を自分はひとりしか知らない――アレクサンドラだ。その予想は正しかったようで、彼女はすぐに手の内を見せた。夫が悔しがるところを高みの見物とばかりに愉しむ様に腸《はらわた》が煮えくり返る思いだった。

だが、怒りに我を忘れている場合ではない。レナートを噂から守らなければならない。

そして厭がらせから遠ざけなければならない。

直ちに世話係長に彼を裏方に回すよう命じ、宮廷から距離を取らせた。そうすることでレナートとは会えなくなったが、少しの辛抱だと己に言い聞かせた。今はとにかく彼を守ることを第一に、騒ぎを静め、そしてロシアとの関係にもヒビを入れないようにしなければならない。

そう、思っていたところだったのに――。

「……くそっ……！」

ドン、とこぶしで肘置《ひじお》きを叩く。

国教会に密告したのは皇后の息のかかった男だそうで、誇らしげに手柄を吹聴しているのを侍従のひとりが耳にしたという。

皇帝が神の教えに背いているなどという前代未聞の事態に、関係者はさぞ狼狽《うろた》えたことだろう。罪人を裁くのとはわけがちがう。ルーシェにおいて皇帝は絶対の存在なのだ。

案の定、教会側もはじめは黙認の姿勢を取ったようだ。

だが、それを脅しのような形で焚《た》きつけたのも皇太子派の連中だった。

「数人の貴族たちが司教のもとに乗りこんだと聞きます」

国家の中心、国民の手本たる皇帝が禁忌を犯すのを黙って見過ごすことは神の道に悖《もと》る行為であると司教を焚きつけ、それでも絶対的権力を怖れ二の足を踏む聖職者たちを前に、有事の際には皇后を頂点とする皇太子派が全面的に庇護《ひご》するとの確約までして、こうして通告が突きつけられることとなったとダラドは結んだ。

「皇后陛下は、ロシアとの関係にも影響すると宮廷内の対立を煽動《せんどう》しておいでです。……陛下、私からお願いでございます。ルーシェの皇帝が国教会から破門されるようなことがあってはなりません。皇帝は国の支柱。今こそ、噂など根も葉もない嘘だと毅然とお示しくださいませ」

ダラドが玉座に詰め寄ってくる。

「陛下自らの口から、あのものとの関係などなにもなかったとおっしゃってくださいませ。小さな誤解から生まれた、ただの噂に過ぎないと」

「おまえが言いたいことはわかる。しかし、それはできない」

「どうしてでございますか」

「噂が、真実だからだ」

腹心が黙ったのは一瞬のことで、彼はすぐに首を横にふった。

「今となっては、そんなことはどうでも良いのです」

「なに」

「たとえ噂が真実だったとしても、陛下には皇帝としてそれを否定していただかなければなりません。……陛下が国のため、不幸な結婚をなさったことは重々承知しております。

そのご心労たるや一介の従者になど到底思い及ぶところではございません」

それでも、とダラドは言葉を続ける。

「陛下はルーシェの皇帝でいらっしゃいます。禁忌を犯す皇帝に、どうして臣下や国民が従うでしょう。宮廷の中は今や真っ二つ。このままで良いわけがありません」

貴族たちの中にはミハイルを擁護する皇帝派も存在する。不幸な結婚の犠牲者であり、他の誰かに心の救いを求めたとしても責められるべきではないと訴えている。

けれど、それを遙かに凌《しの》ぐ勢いで皇太子派の勢力が拡大しつつあるのが現実だ。玉座にふさわしくないものが皇帝を名乗っていては外交にも影響するとの大義名分を掲げ、ミハイルを追い落とそうと迫りつつある。この対立構造は日を追うごとにはっきりと目に見えるようになり、華やかな宮殿の中で不協和音を奏でていた。

「今一度申し上げます。レナートとの関係を清算し、そのお手に権威を取り戻すべきです。陛下の御身には歴代のルーシェ皇帝の尊い血が流れています。それを次代へつなげることこそ、陛下に課せられた大切な宿命」

「おかしなことを言う。アレクセイに私の血が入っていないことなど周知の事実だ」

「宮廷には公然の秘密ぐらいあるものです。ですが、秘密だからこそ意味がございます」

「露見したらこうも糾弾されるというのにか」

「どうかご理解くださいませ。陛下には失ってはならないものが多うございます。国も、民も、国教も、そして周辺国との関係も、すべて陛下の双肩にかかっております」

「――――」

ひどい言い草に吐き気がする。不義の子を『公然の秘密』と言って認知させられながら、その一方で自身の自由はなにひとつない。それもこれも自分が皇族に生まれついたから、ただそれだけに過ぎないのだ。今ほど出生を呪《のろ》ったことはなかった。

「……少し、時間をくれ」

玉座を立つミハイルに、ダラドは意外なほどすんなりと身を引いた。

ミハイルは疲れた身体を引き摺《ず》るようにして私室に戻る。すぐに次の仕事に駆り出されるだろうが、今だけはなにも考えずに目を閉じていたい。

そんな、暗澹たる思いでドアを開けた時だ。

「ミハイル様」

懐かしい声に目を瞠る。そこには、夢にまで見たレナートが佇《たたず》んでいた。

「レナート！　いったいどうしたのだ。おまえには人目につかない仕事を任せたはずだ」

大急ぎでドアを閉め、足早に近寄る。駆け寄ってきた彼を抱き締めると、もとから華奢《きゃしゃ》な身体はいっそう痩せて骨張っているのがすぐにわかった。

「勝手なことをして申し訳ありません。最後に、どうしてもお会いしたかったのです」

「最後……？　どういう意味だ」

身体を離し、肩に手を置いたまま顔を覗きこむ。生命力にあふれていた碧色《へきしょく》の瞳は今やすっかり輝きを失い、深い悲しみに沈んで見えた。

「ぼくのせいで、大変なご迷惑をおかけしてしまいました。お詫びの言葉もありません。ミハイル様にはとても良くしていただいたのに、ご恩を仇で返すことになってしまって、心から申し訳なく思っています」

レナートが声をふるわせる。こらえきれなくなった涙がぽとりと落ちるのを見て、たまらずもう一度抱き締めた。

「誰がおまえにそんなことを言わせるのだ。迷惑だなどと私は微塵《みじん》も思っていない。おまえには希望ばかり与えてもらった。おまえの愛に触れて私は心からしあわせだった。今もそうだ。おまえはそれを疑うのか」

「ミハイル様……」

「心ない噂でおまえを傷つけたくない。そう思って宮廷から遠ざけた。だがそのせいで、私の心を疑わせてしまったのならそれは私の責任だ。すまなかった」

「いいえ。いいえ、違います。ぼくがっ……」

小さくしゃくり上げたレナートは、何度か深呼吸をくり返してから、意を決したようにこちらを見上げた。

「もともと、ぼくのようなものはミハイル様のお相手としてふさわしくなかったのです。

それでもお傍にいられることがうれしくて、大事にしていただいたことがありがたくて、こんなに長く居座ってしまいました。……でも、それももう終わりにしなくては」

「駄目だ！」

間髪入れずに叫ぶ。大きな声にビクリと身を竦ませたレナートを掻《か》き抱き、亜麻色の愛しい髪にくちづけた。

「終わりだなどと悲しいことを言わないでくれ」

「でも、それではミハイル様が……」

「私のことは私が自分で如何様《いかよう》にもする。だからおまえは心配するな」

細い背中を何度もなぞり、ポンポンとやさしく叩く。

この小さな身体をどれだけ不安でいっぱいにさせてしまったのだろう。どれほど悩ませてしまったのだろう。すべて己の不徳の致すところだ。

だからこそ、そんな不幸なことなどもう終わりにしなければ。彼を宮廷のドロドロとした確執から遠ざけ、しあわせに笑っていられるようにしなければ。

「レナート」

名を呼べばレナートが涙に濡《ぬ》れた顔を上げる。その額、瞼、そして頬へと唇を滑らせ、涙さえも吸い取って、代わりにありったけの想いを注ぐつもりでそっと唇にくちづけた。

「愛している」

「私の光。私の希望。おまえは私の命のすべてだ。大切なおまえを失ってまで、どうして生きていくことができよう。だからずっと傍にいてくれ。私とともに生きてくれ」

つぶらな瞳がみるみるうちに涙で揺れる。ぽろぽろとこぼれ落ちる滴を指で拭うと、彼は大きく肩を揺らしながら何度も何度もしゃくり上げた。

「いいん、です、か……ぼ、くなんか、に……そんな……」

「おまえがいいんだ。おまえ以外、代わりにもならない」

「……っ」

レナートが声にならない声とともにぎゅっとしがみついてくる。それこそが彼の答えなのだと、ミハイルは愛をこめて愛しい相手を抱き締めた。

「私はおまえに永遠の愛を誓った。それを忘れないでくれ」

何度も頷くレナートに頬を擦り寄せながら、ミハイルもまた己の言葉を再び心に刻む。

その胸にはひとつの決意が浮かんでいた。

「ミハイル、様……」

この事態を乗り切るためには、力を使う他あるまい――――。

それは、だいぶ前から考えていたことだった。

皇帝としての求心力を保ちながらレナートとの愛を守り、さらには隣国ロシアとの関係も維持する――そんな魔法のようなことが起こり得るとは思えない。ならば人智を越えた力を使い、強制的に実現するしかないと考えるに至った。

不思議な力を宿した皇太子としてこの世に生を受けて三十年。

これまでも、周辺国との戦争や疫病が蔓延した時など、人間の力ではどうしようもない国難に瀕した際にこの力を使ってきた。そのたびにルーシェは守られ、人々の命を救ったミハイルはこの国の救世主として崇《あが》められてきた。

そんな力も、大人になるにつれて発揮する機会が減った。それ自体は良いことだったはずなのに、人々は皇帝から受けた恩を忘れ、当たり前のように暮らしている。

自らを滅し、国のために尽くせと教えられて育った結果、自分が自分であるために保たなければならないボーダーラインまでもが侵されようとしている。それだけはどうしても受け入れることはできなかった。

けれど、そんなミハイルに失望するものも出はじめた。世話係との関係を清算し、国教会に従うようにとのダラドたち側近の再三の説得にも応じなかったことで、将来の不安を口にするものたちが増えたのだ。

今や皇太子派の勢いは留《とど》まるところを知らず、このまま皇帝側についていていいのかと水面下で揺さぶりをかけられたものもいただろう。見限った連中の中には、ミハイルに近しいものも含まれるとの専《もっぱ》らの噂だった。

もはや誰が敵で、誰が味方かもわからない。

そんなルーシェ宮廷の混乱ぶりを察知したのか、ロシアで不穏な動きがあるとの一報が舞いこんだ。

皇帝が国教会から破門宣告を受けるようなことがあれば、ルーシェと同じく国教会派のアレクサンドラの母国ロシアはそれを理由に大挙して押し寄せてくるだろう。

戦争は是が非でも避けたいとの一念から、縋る思いで皇后率いる皇太子派に寝返るものも少なくなかった。彼女の側につく人間が多くなれば、母国を説得してくれるかもしれないという淡い希望に縋ったに違いない。

このままでは近いうちに良からぬことになる。その前に先手を打っておかなければと、ミハイルは腹心を執務室に呼び出した。

「お呼びでございますか」

やってきたダラドはこれまでと打って変わって、ずいぶん落ち着いた表情をしていた。

少し前まで「お考え直しください」「皇帝陛下としてのご決断を」と迫った彼が、まるで憑《つ》きものが落ちたかのようだ。三白眼でひたりと見上げてくるのを、今はじめてレナートの言葉のとおり蛇のようだと思った。

昔から考えていることが読めない男だった。それでも仕事は完璧にこなすし、情報収集や操作もお手のもので、そんな自分にはない力を買って側近へと取り立てた経緯がある。

「おまえを見込んで頼みたいことがある。レナートを修道院まで護送してもらいたい」

「修道院へ……で、ございますか」

「この状況ではいつなにがあるかわからない。事態が落ち着くまでは、レナートを安全な場所に避難させておきたいのだ。以前、ワシリー修道院長に書状を届けさせたろう。あれで話はつけてある。送り届けてくれさえすれば良いのだ」

なぜか一瞬、ダラドの目が怪しく光った。

けれどそれもわずかなことで、すぐにいつもの計算高い顔に戻る。

「畏まりました。経路のご指示はございますか」

「おまえに任せる。皇太子派の動きを避けて、できるだけ迅速安全に頼みたい」

「承知いたしました。では、直ちに」

一礼するなりダラドは急ぎ足で部屋を出ていく。いつもは決して足音を荒らげないような彼が珍しいことだ。

それを見送って、ミハイルは窓からネフ川を見下ろした。

今日も悠々と流れる大河は、いったいどれほどのよろこびと悲しみをその流れに溶かしてきたのだろう。どうか願わくば、自分たちを見守っていてほしい。この国の行く末を、レナートの安全を、そしてこの愛の永遠を――。

どれくらいそうして思いを馳せていただろう。

廊下の向こうからバタバタと近づいてきた足音にミハイルはハッと顔を上げた。

「陛下、大変でございます！」

ノックすら惜しんでドアを開けたのは侍従長だ。いつもは冷静な彼が血相を変え、目を血走らせながら駆けこんでくる。後に続く皇帝派の面々も皆緊迫した表情をしていた。

「どうした。なにがあった」

「落ち着いてお聞きください。革命でございます」

「なんだと！」

「皇太子派が革命を決起いたしました。宮殿広場に兵を集め、陛下のご退位を要求しております！」

それを聞くや、ミハイルは素早く身を翻す。北向きの私室からはネフ川しか見えないが、廊下を挟んだ反対側からは広場が一望できるのだ。

「お姿を出されては危険です」

窓辺に立とうとしたミハイルを、侍従が慌てて止めた。

カーテンに身を隠しながら外を窺うと、そこには侍従長の言葉のとおり大勢の兵士たちが手に手に剣を持ち、あるいは銃を掲げて血気盛んに声を上げている。

「いったいなにが起きているのだ」

いくら対立があるとはいえ、お互いの要求や条件を話し合うための席についたことすらない。それをいきなり武力に訴えるなど前代未聞。こんなことが他国に洩れたらこれ幸いと隙を突かれてしまう。最もやってはいけない悪手だ。

信じられない思いで広場を見つめるミハイルに、侍従長らも解せぬと首をふった。

「我々にもわからないのです。まるで、掛け金が外れたように急に……」

「馬鹿な。なにがあったというのだ」

「まだそんなことをおっしゃっておいでなの」

不意に、よく通る高い声が割りこんでくる。

ふり返ると、そこには満面の笑みを浮かべた皇后が取り巻きを従えていた。

「アレクサンドラ……。おまえは自分がなにをしているかわかっているのか」

「ええ、よくわかっていますとも。この国に不義の皇帝は必要ありません。疚《やま》しいところのない、新しい皇帝が治めるべきです。アレクセイのように」

「アレクセイこそ不義であろう」

「陛下！」

すかさず侍従長が割って入る。皇后の取り巻きたちも話の内容に色めき立った。本来であれば、こんな言い争いを晒《さら》すなど皇族としての品位に関《かか》わる。

それでも、こんな目に遭ってなお黙っていることなどできなかった。

「私はこれまで、おまえがどんな我儘を言おうと好きにさせてきた。それでおまえの気が晴れるならと思ったからだ。だが、やっていいことと悪いことぐらいある。もうこれ以上許すわけにはいかない」

きっぱりと断じる。自分は本気だと伝えるつもりでまっすぐに睨《ね》めつけたものの、アレクサンドラは「まぁ。怖いお顔」と笑うばかりで聞き入れるそぶりもなかった。

「あなたの方こそ、国教会に顔向けできないことをなさった責任はどう取るおつもり？　いっそ、あの子の死をもって償うのが良いのではないかしら？　皇帝陛下を誑かした罪人としてね」

「ふざけるな！」

怒りのあまり大声で叫ぶ。

「誰が罪人だ。二度とそのような言葉を口にするな。彼を侮辱するものは私が許さない」

自分の光であり、希望であるレナートを穢すようなことは決して許さない。

けれど、低い声で凄《すご》むミハイルに、妻が返したのは満面の笑みだった。

「あらそう。最後までおままごとをなさりたいのね。困った皇帝陛下ですこと。それならわたくしが代わりに命令して差し上げましょうか？」

激しい怒りにぶるぶると身体がふるえる。相手がロシアの姫君でなかったら今すぐ斬《き》り捨ててやりたいくらいだ。

こみ上げる衝動を理性で押し留め、ミハイルは大きく深呼吸をした。

「その必要はない。責任なら私が取る。レナートに手を出すな」

「まだ守る気でいらっしゃるの？　もうこの世にいないかもしれないのに」

「……なんだと……？」

レナートならダラドに任せた。宮殿からワシリー修道院までそう離れていない。着の身着のままで送り届けていれば、もう間もなく到着していることだろう。

――それなのに、彼女はなにを言っている……？

不安に胸の奥がざわざわとなる。外交政策ではこれまで何度も危ない橋を渡ってきたし、度胸を試されるような場面もいくつもあった。それなのに、今はそれとは比べものにならないほど自分が動揺しているのがわかる。

「どういう意味だ。レナートになにをした」

くり返し訊ねるミハイルに、アレクサンドラは愉しげに嗤《わら》った。

「ワシリー修道院に匿《かうま》うつもりだったんですってね」

「なぜそれを」

「全部ダラドが教えてくれたわ。あなたの大事な懐刀のね」

「…………」

信じられない言葉に目を見開く。すぐには意味を理解することもできなかった。

——嘘、だろう………。

レナートの護送については彼にしか話していない。極秘裏に進めてほしかったからだ。それなのに、信頼してすべてを預けた相手に裏切られていたなんて。偽りの忠誠を誓った男に愛する人を預けてしまっていたなんて。

「レナートをどこへやった！」

ハッと我に返るなり、いても立ってもいられなくなって力任せにアレクサンドラの胸倉を掴み上げた。細い悲鳴と取り巻きたちの叫び声で辺りは一時騒然となる。だがそんなものに構っている暇はなかった。

「言え！　レナートをどうした！　返事如何《いかん》では許さない」

「陛下！　なりません！」

侍従長らが三人がかりで押さえつけてくる。

無理やり引き剝《は》がされるミハイルに、皇后は厄介払いをするように鼻を鳴らした。

「お生憎《あいにく》さま。きっと今頃、もの言わぬ屍《しかばね》になっているでしょうね。大聖堂の鐘が鳴り終わるまでに始末しておくよう言っておいたから」

「なっ！」

「タブーを犯したあなたに代わって、わたくしがこの国を正しい方向に導いてご覧に入れるわ。皇帝陛下……いいえ。元、皇帝陛下」

アレクサンドラが勝ち誇ったように真っ赤な唇を吊り上げる。

とっさに言い返そうとしたその時、ゴーン……ゴォォーン……と聞き慣れた音が辺りに響いた。

──大聖堂の鐘が鳴り終わるまでに。

「短い人生だったわね。あなたが手を出さなければあの子も長生きできたでしょうに」

「──」

目の前が真っ暗になる。信じたくない思いと不安で頭の中がいっぱいになる。侍従長たちが「我々が至急確認して参ります」と大急ぎで出ていったものの、もはや気を配る余裕もなかった。

「かわいそうなミハイル。そして、かわいそうなレナート」

アレクサンドラはうっとりと呟くと、取り巻きを従えて部屋を出ていく。

夕日の差しこむ部屋の中、ミハイルの目はもうなにも映してはいなかった。


馬車が猛スピードで宮殿から遠ざかっていく。

心細い思いで車窓の景色を眺めながら、レナートは無意識のうちに胸の辺りをぎゅっと握り締めた。

以前のように薪割りの仕事をしていたレナートのところにダラドがやってきたのはついさっきのことだ。「今すぐ来い」と急《せ》き立てられ、わけもわからぬまま馬車に押しこまれて、文字どおり着の身着のままで連れ出されている。

――修道院に行くって聞いたけれど……。

皇帝陛下のご命令だと言われ、よくわからないながらも理解した。ミハイルはきっと、身の安全を第一に自分を逃がすようダラドに命じたのだろう。

レナートの向かいには珍しく黒尽くめの格好をしたダラドが座り、その隣にもうひとり、帽子を目深に被った見たことのない男性が帯同している。御者も含めれば三人だ。自分を修道院へ送り届けるにしては些《いささ》か大所帯のように感じたものの、それより残してきたミハイルのことが心配で気も漫《そぞ》ろになるばかりだった。

小さな窓の外にはネフ川が見える。

対岸の大聖堂にはミハイルの先祖が眠っていると教わった。いずれ別れの日が来たら、彼もあそこで眠りに就くのだ。そう思うと、会えない日も尖塔を見上げるだけで不思議と気持ちが落ち着いた。

――――ミハイル様……。

刻々と変わりゆく空の色を見つめながら愛しい人に思いを馳せる。

大聖堂には、今にも溶け落ちそうな真っ赤な夕日が迫りつつあった。すべてを呑みこみ、命を燃やし尽くそうとしているかのようだ。

――いっそ、あんなふうになれたらいいのに……。

束の間でいい。ミハイルと手に手を取って、そして溶け落ちてしまいたい。国も身分もなにもかも捨てて愛だけのために生きてみたい。それがどんなに無謀なことかはわかっている。それでも、こんな時だからこそ刹那《せつな》的な願いに縋らずにはいられなかった。

目に焼きつけるつもりで尖塔の先を見つめる。

その時、突然馬車が止まった。

「降りろ」

ドアを顎で指し示され、レナートは急いで馬車を降りる。てっきり目的地に着いたのかと思いきや、そこは見慣れたネフの川べりだった。

――こんなところでなにを……？

不思議に思ったレナートだったが、それを訊ねるより早くダラドに強引に腕を引かれる。つんのめるようにして長い土手を降りきると行き交う人も見えなくなった。

「あの……」

おそるおそる口を開いたレナートは、いつの間にか自分のすぐ後ろに帽子を被った男が立っていたことに気づいてハッとなる。冷たい気配を感じて慌てて距離を取ろうとするも、後ろ手に両の手首を握られ、無理やり押さえつけられた。

「な、にを……？」

「騒ぐな。おとなしくしてろ」

低い声で告げられる。

なにをするつもりだと怯えたレナートは、すぐ目の前でダラドが腰の剣を抜くのを見て息を止めた。

サーベルの刀身が夕日を受けて真紅に光る。その切っ先がゆっくりと自分に向けられるのを、悪い夢のようにただ見つめることしかできなかった。

「恨むなら陛下を恨め。これがおまえの運命だ」

ダラドが剣を構える。重心を落とす。刃先がまっすぐに迫ってくる。

「う…、うそ……、やめ……やめて、お願い……や、ぁ――っ！」

懇願する間もなく鋭い切っ先は身体を抉り、一気に背中へと突き抜けた。

「ぐっ、……ぅ……」

灼《や》けた鉄杭《てっくい》を押し当てられたかのように腹が熱い。ダラドの肩越し、限界まで見開いた目に溶け落ちる夕日が見えた。

ゴーン、ゴォーン……ガラーン、ゴォォーン――……。

鐘の音が重々しく響き渡る。歴史の重みを感じさせる重厚な音色だといつもは楽しんでいたそれすらも、今は頭の中に鳴り響いて苦痛でしかなかった。腹が熱い。息が苦しい。

汗が噴き出して止まらない。

「……は、…はぁっ……、っ…………」

ひと思いにサーベルを引き抜かれ、支えを失った身体は冷たい地面にドッと崩れた。

どこにも力が入らない。自分の身体のなにひとつ思いどおりに動かせない。ドクドクとあふれ出す血を押さえることもできないまま、レナートは寒さに身をふるわせた。

さっきまであんなに熱かったのに、今は寒くて寒くてたまらない。指先が悴《かじか》んで凍えてしまいそうだ。

冬の日、彼はよく言ったっけ。「おまえの手をあたためるのも私だけの特権だ」と。

――ミハイル様……。

今こそ、ここへ来てあたためてほしい。傍にいて手を握っていてほしい。やさしくくちづけてくれたあの時のように、強く抱き締めてくれたあの時のように、大丈夫だと言ってほしい。ひとりじゃないと笑ってほしい。

――ミハイル様……ミハイル、様……もう一度、お会い、したかった………。

脳裏の愛しい面影に、レナートは最期の力をふり絞って微笑む。

けれどそれを最後に、小さな心臓は動きを止めた。

「――――ミ……、イル、様……ミハイル様……！」

自分の叫び声で目を覚ます。

最初に目に入ったのは見慣れた天井の模様だった。

慌ててベッドの上に起き上がった歩は、そこがいつものホテルだとわかってぐったりと力を抜く。全身が汗びっしょりで、まるで全力疾走した後のようにすっかり息が上がっていた。

「……今の……」

縋《すが》る思いで湿ったパジャマの胸元を握る。夢を見ていたはずなのに、それがただの夢でないことは自分でももうわかっていた。

何度もくり返し現実世界で味わってきた。映画の刷りこみだとばかり思っていたそれが、まさか実体験のフラッシュバックだったなんて。

「どうりで……」

やけに鮮明だったはずだ。音も、色も、匂《にお》いも、痛みも、なにもかもを覚えている。

そう。自分はかつてあの宮殿に雑用係として雇われていた。父グラッキーを宮廷画家としてつなぎ留めておくための、ささやかな杭《くい》として扱《こ》き使われるばかりの毎日だった。

それが、ほんの偶然からミハイルに出会い、彼の世話係として召し上げられた。

華やかな世界とは名ばかりの愛憎渦巻く宮廷の中で、皇帝として毅然《きぜん》と在り続けようと

する彼の潔さ、やさしさ、そして人には言えない心の傷を知るうちに少しずつミハイルに惹《ひ》かれていった。

彼を愛し、愛されるよろこびを知った。束《つか》の間のしあわせを味わった。けれどお互いの立場が、身分が、国教会が、なにより周囲がふたりを許さなかった。

「あれが、最後のお別れになったんだな……」

有無を言わさず連れ出されたあの時、もしも宮殿を出ないでいたら、ミハイルともっと一緒にいられただろうか。それとも彼の重荷になって死ぬより辛《つら》い後悔をしただろうか。

「あの後、ミハイル様はどうしただろう」

レナートの死を知った時、彼はどれほど悲しんだだろう。自分を責めたりしなかっただろうか。自暴自棄になったりしなかっただろうか。あの不安定な宮廷の中で、彼の安全はあの後もきちんと守られただろうか。

——もしも、皇太子派に囚《とら》われたりしたら……？

「……！」

ひどい末路しか浮かばない。胸に去来した疑問にいても立ってもいられなくなった歩は、身支度もそこそこにホテルを飛び出す。

「ミハイル様！」

いつもの部屋に駆けこむと、彼は窓から景色を眺めているところだった。

騒々しさに驚きながらこちらをふり返ったミハイルだったが、ただならぬ様子を察して息を呑《の》む。

「どうしたのだ、そんなに慌てて……なにかあったのか」

「思い出しました。これまでのこと、なにもかも」

その瞬間、ミハイルが目を瞠《みは》った。

美しいペールブルーの双眼をこれ以上ないほど見開いて、まっすぐに歩を見つめてくる。両脇《りょうわき》に垂らした彼の手が小刻みにふるえているのが遠くからでもはっきりとわかった。

一歩一歩、確かめるようにしてミハイルが歩み寄ってくる。

「私とのことを、思い出してくれたと言うのか」

「はい」

「やっと……。やっと、おまえを魂ごと抱き締められる日が来たんだな」

「ミハイル様」

逞《たくま》しい胸に抱き寄せられる。至近距離で見上げた瞳《ひとみ》はあの日のようにどこまでも澄んで、やわらかく、そしてあたたかさに満ちていた。

歩は目を閉じ、胸の高鳴りを覚えながら軍服に額を擦り寄せる。自分の中に湧《わ》き上がるこの気持ちはどちらのものだろう。レナートだろうか。それとも自分だろうか。不思議なことだけれど境界線はひどく曖昧《あいまい》で、どちらと決めるのは難しいように思われた。

最期の時までミハイルを想い続けたレナート。

ミハイルに会うためにこの世に生を受けた歩。

どちらも自分だ。どちらも切り離せない。

――それなら、この気持ちも……？

二十五年間生きてきて、同性を好きになったことはなかった。数少ない恋愛経験の相手はいつも異性で、それを当たり前のように思ってきた。だから、自分が同性相手に胸を高鳴らせることがあるなんて想像もしたことがなかったのだ。

それでも。

――ミハイル様は、特別なんだ……。

それだけは自信を持って言える。こうして触れているだけで心がおだやかになり、同時に熱く駆り立てられていく。まるで自分の中のレナートが歩を通してミハイルを恋い焦がれているようだ。そんな一途《いちず》な恋心に知らぬ間に自分まで呑みこまれてしまう。

――ミハイル様……。

想いをこめて目を閉じたまま、どれくらいそうしていただろう。

そっと腕の力をゆるめたミハイルがあらためて顔を覗《のぞ》きこんできた。

「この日が来ることを長い間待ち焦がれていた。……それなのに不思議だ。いざとなると話したいことが山のようで、なにから話せばいいのか途方に暮れる」

「ほんとうですね。ぼくもです」

「まったく、困ったものだ」

顔を見合わせ、うずうずとしたもどかしさに眉根《まゆね》を下げる。いても立ってもいられないのに、それすらもしみじみと味わいたい。

まずは落ち着いて話をしようといつものベンチに腰を下ろした。そこからは、あの時と同じように雄大なネフの流れがよく見える。

「立派な川ですね。大きくて、悠々としていて……あの頃とちっとも変わりません」

最期に見たのも川べりからの景色だった。

「忘れられません。大聖堂の尖塔《せんとう》には真っ赤な夕日が架かっていました。荘厳な鐘の音が風に乗ってどこまでも響き渡って……」

あの日ダラドに連れ出され、わけもわからないまま刺し殺された。

剣を向けられる恐怖や、身体《からだ》を刺し貫かれた時の激痛と苦渋、そして絶望。瀕死《ひんし》の頭で二度とミハイルには会えないのだと悟った。

強い無念が魂に傷をつけたとしか思えない。刻みこまれた光景は転生した後になっても時折目の前にフラッシュバックしては歩の無意識を揺さぶった。くり返しくり返し映像を見るうちにそれは記憶に刷りこまれ、名も知らぬルーシェの景色を懐かしいと思えるようにさえなった。

「……そうだったのか」

話を聞き終え、ミハイルは長いため息をついた。

「あの時のことを、おまえはそうやって思い出していたのだな。意味もわからず見せられ続けるのはさぞ苦痛だっただろう」

「でも、ミハイル様はずっと覚えているのですよね。その方がお辛いのでは」

「私の苦悶《くもん》など、おまえの痛みに比べれば塵《ちり》のようなものだ」

ミハイルがぐしゃりと顔を歪《ゆが》ませる。

「当時、レナートを助けたい一心で修道院への護送をダラドに任せた。修道院に入りさえすれば、いくら皇太子の差し向けた軍とはいえ侵すことはできない。せめておまえの命だけは守れると……！」

一度言葉を切ると、ミハイルは静かにこちらを向いた。

「妻子の反逆、隣国の圧力、そして宮廷内の不穏な空気……それらに囲まれているうちに私の目は曇っていたのかもしれない。あるいは、腹心は決して私を裏切らないと慢心していたのかもしれない。その結果、おまえを辛い目に遭わせてしまった。謝って済む話ではないが、ほんとうにすまなかった」

「そんな……ミハイル様のせいではありません」

「だが私が」

「いいえ。ミハイル様は、ぼくを助けようとしてくださったのでしょう？　……ほんとうのことを言えば、ひとりで死ぬのは怖かった。冷たい地面に横たわりながらあなたに一目会いたいと願いました。でも、どんなに痛くても、辛くても、ミハイル様を恨んだことは一度たりともありません」

「アユム」

「しかたがなかったんです。時代が、身分が、環境が、ふたりを許すようにはできていなかった。それでも、あなたは最大限のことをしてくださった。そのおかげでまたこうしてお会いできたんです。すべてミハイル様のおかげです」

心をこめて伝えると、ミハイルは大きく目を瞠り、それから幾年も双肩に背負い続けた重たい荷物を下ろすようにゆっくりと息を吐いた。

「おまえはそう言ってくれるのか。私を許してくれるのだな」

「ぼくの心はミハイル様のものです。……でも、自分がすぐにレナートと同じ気持ちになるかどうかはわからないのですが……」

自分の心がレナートの記憶と共鳴しているのは感じている。人としてミハイルを尊敬しているし、同性だとわかっていても何度もドキッとさせられた。

それでも、それが情愛なのかと問われたら自分でもよくわからないのだ。

こんなことを言ったらミハイルをがっかりさせるかもしれない。せっかくレナートの記憶が甦《よみがえ》ったとわかったのに、やはり目の前の相手はただの魂の器に過ぎないのかと思うかもしれない。

それでも、騙《だま》すようなことはしたくない。過去のふたりが互いに誠実であったように、自分もまたまっすぐに彼に向き合いたい。

思いきって思っていることをすべて正直に打ち明けると、ミハイルは予想に反してうれしそうに微笑《ほほえ》んだ。

「何度生まれ変わっても、おまえの美点は変わらずおまえの中にあるのだな。私はそんな無垢《むく》で一途なところに惹かれたのだ」

「そう言っていただけるのはうれしいです。……でも、ぼくは三倉歩です。レナートとは違うところがたくさんあります。こうして傍《そば》にいることで、ミハイル様はギャップに苦しむことになりませんか」

自分はレナートのように黙っていじらしく耐える人間ではない。嫌なことは嫌と言うし、気を許した相手には我儘《わがまま》にもなる。研究に没頭していると周囲が見えなくなるし、自分のことなど二の次、三の次で、とても誰《だれ》かを傍で支えることには向いていない。

「こんなはずじゃなかったって思うくらいなら、思い出はきれいなまま残しておいた方が良かったりしませんか」

「アユム。それは違う」

けれど、ミハイルは頑として首をふった。

「おまえはおまえ、レナートはレナートだ。おまえはレナートの魂を持って生まれてきた。だがおまえにはおまえの人生がある。レナートと似ているところもあれば、違うところもある。当たり前のことだ。今さらなにを怖《おそ》れることがある」

「でも……でも、ほんとうは、あの頃を取り戻したいんじゃありませんか」

たとえ許されないとわかっていても、手に手を取って愛し合った日々を。

そう言うと、ミハイルは微笑みながら否定した。

「それは私が決めることではない。おまえが決めることだ」

「ぼくが？」

「私がおまえに永遠の愛を誓ったのを忘れたか。永遠というのは未来永劫《えいごう》という意味だ。レナートと、その魂を継ぐものすべてを心から愛し続けると誓った。私のすべてはおまえのものだ」

「じゃあ……、もしもぼくが死んで、次にまた生まれ変わったとしたら……？」

次の誰かのことも、ミハイルは誠心誠意愛するのだろうか。自分にしたのと同じように微笑みかけたり、抱き締めたりするのだろうか。

――――嫌、だな……。

条件反射的にそう思った。同時に、ズキッという鋭い痛みが胸に刺さる。

そんな気持ちは知らぬ間に表情に出ていたのだろう。

「なんという顔をするのだ」

あたたかい手が伸びてきて、そっと頰《ほお》に触れられた。大切な宝物にするようにやさしく包まれ、指先を髪に梳《す》き入れられて、またも心臓がドクンと鳴る。

「私が愛するのはおまえで最後だ。もう、転生させるほどの力は残っていない」

「どういうことですか」

「私は諦《あきら》めの悪い男だからな。ことおまえに関しては筋金入りだ」

ミハイルは戯《おど》けるように肩を竦《すく》めた後で「なにせ四度目だ」とさらりと続けた。

「これまで四度、レナートの魂は生まれ変わってきた。そのたびに私は持てるだけの力を使い、今やそれも残り少ない。だからおまえは最後の望みだ。アユム」

まっすぐなペイルブルーの瞳に吸いこまれてしまいそうになる。自分の知らない自分の過去を、この目は長い間見つめ続けてきたのだ。そう思ったらいてもたってもいられなくなった。

「教えてください、ミハイル様。ぼくに、そしてあなたになにがあったのか」

レナートが亡くなった後、ミハイルはどうしていたのか。自分はいつ、どのようにして転生し、そして次の生にバトンを渡していったのか。

それを語ることはすなわち辛い過去を掘り起こすことと同義だ。あえて傷口を開くような真似《まね》をする申し訳なさはあったけれど、どうしても彼とわかち合いたかった。

ミハイルが逡巡《しゅんじゅん》するように目を閉じる。

少しの間があった後で、彼は「長い話になるが……」と前置きすると、覚悟を決めたように再び口を開いた。

「レナートの死を知ったのは大聖堂の鐘が鳴ったまさにその時――ダラドが皇太子派に与《くみ》したとアレクサンドラから告げられた」

すぐさま侍従長たちが周囲を探した結果、冷たくなったレナートの遺体が見つかった。もの言わなくなった亡骸《なきがら》を抱き締めながらミハイルは声を上げて泣き叫んだ。

最愛のものを失ったことによる魂が引き千切れるような悲しみと、自分の命令が死の引き金となってしまったことへの深い後悔でミハイルの心は限界を超えた。半狂乱になったかと思うと抜け殻のように押し黙り、もはや生きる屍《しかばね》と化した。

もう二度と戻らない。愛する人も、最愛の日々も。

それを目の前に突きつけられてなお諦めることができなかったミハイルは、取り憑《つ》かれたように仇討ちだけを考えるようになった。

「皇后と皇太子の処刑を命じる私を周囲は止めた。国際問題になるだけでなく、国教会からの圧力も強かったと聞いている。革命は、教義を犯した私に対する神の鉄槌《てっつい》だと彼らは考えていたようだ。そんな大義名分を手にした皇太子派は無敵だった」

表向きの首謀者は皇太子ということになってはいたが、当時十歳のアレクセイに務まるわけがないことは誰もがわかっていた。実質母親のアレクサンドラがすべての指揮を執り、采配《さいはい》を振るっていたという。

大国ロシアの軍事力をチラつかせるアレクサンドラの脅しをただごとではないと判断した侍従たちは、ミハイルに同盟国への亡命を進言した。彼らは自らの命を投げ打ってでも護衛に徹すると口を揃《そろ》えたが、ミハイルは頑としてこれを受け入れず、暴動のどさくさに紛れて行方を眩《くら》ませた。

「どうして安全なところに行かなかったんです」

「おまえの亡骸が眠る地を離れて私に生きる場所はない」

ミハイルがそっと目を伏せる。

雲隠れした皇帝を、周囲は冬のネフ川に身を投げて死んだのだとも、皇后と関係のあった貴族に殺されて異端の罪として焼かれたのだとも、好きなように噂《うわさ》した。

ミハイルの遺体が発見されることはなかったが、もはや再起を図る気力もなしと判じたためか皇后は行方を探させるようなことはせず、十歳の息子を皇帝に即位させると自らは摂政となって実権を握った。

「すべては彼女の目論見《もくろみ》どおりになった。怖ろしいくらいにな」

頂点に立ったアレクサンドラは周囲から傅《かしず》かれ、ますます我儘放題になっていった。

同じく母親の傀儡《かいらい》として育った皇太子アレクセイは「陛下」と呼ばれてちやほやされることだけに興味を示した。政治は母とその取り巻きに任せて省みることもなく、不格好なほど大きな王冠を被《かぶ》って威張り散らしていたという。そんなふたりの醜聞は身を隠していたミハイルの耳にも届くほどだった。

「失望と、絶望と……それでもなお、悔やんでも悔やみきれない遺恨に押し潰《つぶ》されそうな毎日だった」

なにもかもを奪い取られ、自分にはもう塵ひとつ残されていない――そう思っていたミハイルだったが、ある時それは違うと気づかされた。

「おまえへの愛だけは変わらずにここにあると」

「ミハイル様」

「どんなに私たちを引き離そうとも、この愛だけは奪うことはできない。レナートを取り戻したいと思い至った瞬間、自分の中に光明が差すのがわかった」

心が限界を超え、常軌を逸した状態だったからこそ、普段であれば辿《たど》り着かないような答えに導かれたのだろう。普通の人間なら夢で終わるような願いも、ミハイルは力尽くで叶《かな》えることができる。

「あの時ほど、自分の力を神に感謝したことはない。その教えに背いてまで愛を貫こうとする私など信徒を名乗る資格もないが、それでも神は私をお見捨てにはならなかった」

そして、国のために捧げると決めた不思議な力を、ミハイル本人のために使うことをも許してくれた。

もう一度レナートに会いたい――その一念で、天に昇るはずだったレナートの魂は新しい肉体に宿ることとなり、愛するものがいつ生まれ変わっても迎えられるようミハイルは死なない身体になった。もう二度と自分のせいで彼を失うことのないようにと、ただそれだけを強く願った。

もうひとつ、力を使ったことがある。

永遠の命を得たことによる弊害を誤魔化《ごまか》すことだ。何年経っても老いない人間を周囲は放っておかないだろうとの予測から、ミハイルは己の存在を最大限に希釈するという方法で自らを不可視の生きものとした。

だが、そうやって自分のために力を使うことは大きな代償も伴った。

ミハイルには生まれた場所である宮殿に縛りつけられ、一生そこから出られないという制約が課されたが、彼は甘んじてそれを受けた。どんな犠牲を払ってでもレナートを取り戻したいという思いがすべてに勝った。

かくして、レナートの転生が実現したのだ。

「最初に生まれ変わったのは、レナートが亡くなってから三年後のことだった」

一八一五年、レナートはルーシェ人として再びこの世に生を受けた。

革命の余韻も生々しい時代ではあったが、再会のチャンスが生まれたことをミハイルは心からよろこんだ。生まれ変わった少年もまた生前の記憶を保持していたために、ふたりが宮殿で再び相見《あいまみ》えるのは時間の問題かと思われた。

けれど。

「私たちが会うことは終《つい》ぞなかった」

「そんな……どうしてですか」

「彼が病に冒されたからだ」

いくら力を持っていても、あらゆることを思いどおりにすることはできない。

宮殿に縛りつけられ、不可視となることと引き替えに不死の身体を手に入れたミハイルには、病人を良い医者に診せることも、治療の援助をすることも、看病に駆けつけることさえできなかった。

なにひとつ助けることができないまま、命の炎は呆気《あっけ》なく消えてしまう。

「私はまた看取ってさえやれなかった」

ミハイルが奥歯を嚙《か》み締める。それでも彼は己を叱咤《しった》するように話し続けた。

「すぐに転生を願った。今度こそ、苦しみのない人生であるようにと」

だが、実現までには一度目よりも時間がかかった。

「次に生まれ変わったのは五年後の一八六四年。今度もまたルーシェ人の男性だった」

だが、期待も束の間、二番目の彼は二十八の時に反乱事件に巻きこまれて儚《はかな》い命を散らせてしまう。一目たりとも会えないまま、その死を受け入れるより他になかった。

「私は自問自答するようになった。これがほんとうに正しいことなのかと」

自責の念に押し潰されそうになったが、それでも、どうしても諦められなかった。

その背景には少なからぬ焦りもあった。転生をくり返すほど、次のチャンスまで時間が空くようになっていたからだ。最初の転生まで三年、次が五年。その次はもっと時間がかかるのだろうと朧気《おぼろげ》ながら抱いていた不安は見事的中することになる。

「次に生まれ変わったのは十年後。レナートを亡くしてから九十年以上が経っていた」

その頃になると世情も大きく変わった。

西欧では万博が開かれ、産業が飛躍的に発展する一方、世界のあちこちで戦争が起こり、戦後処理も含めて国境線は目まぐるしく書き換えられた。そんな激動の時代に愛《いと》しい人が再びこの世に生を受けた。

今後こそとミハイルは願った。

けれど、三度目ともなると記憶は遠くなるものなのか、生まれ変わった本人が当時を思い出すことはなかった。

「自分からは会いに行けない。それを、この時ほど恨んだことはない」

相手が宮殿まで来ない限り、決して顔を合わせることができない。どんなに同じ時代を生きていても、たとえすぐ傍を通っても、ここまで足を運んでもらわなければこの声さえ届かないのだ。

　気を揉《も》むばかりの日々の果て、三番目の生まれ変わりとも会えないまま終わった。

「絶望しかなかった。何度魂が甦ろうと、目と鼻の先でその一生が終わっていくのを指を咥《くわ》えて見ているしかない。このまま二度と会えないのではと焦るばかりの毎日だった」

　力が残り少なくなっていると折々に感じることがあり、それが焦りに拍車をかけた。次で最後だと悟ったミハイルはそこでありったけの力を注ぐことに決めた。

「そうして生まれたのがアユム、おまえだ」

　願い続けること実に三十年の時を経て、最後の希望がこの世に生まれた。

　けれど、そこには大きな誤算があった。歩が生まれたのがルーシェから遠く離れた日本だったからだ。

「動揺した。自国の人間でさえすれ違ってばかりいたものを、どうして何千キロも離れた相手に会えるだろうと」

　一度はすべてを諦めかけたミハイルだったが、思いがけないところに活路を見出した。

　かつての宮殿は、その頃には美術館として生まれ変わっていたからだ。

「昔は限られた人間しか鑑賞することが許されなかった美術品も、今や広く一般に公開している。それを見に世界中から人が集まる。これを利用しない手はないと思ったのだ」

「あ…」

ようやくのことですべてがつながる。

以前、自分がアートに興味を持つようになったのは彼が仕向けたからだと聞いて驚いたことがあったけれど、その背景にはこんなにも長く複雑な事情があったのだ。

「すべては、レナートに再会するためだったんですね。そんなに深く想われて彼はとてもしあわせですね」

自分で言っておきながら、またも胸がズキリと痛くなる。

「レナートだけではない。おまえも、途中会えずに見送ってしまった三人もだ」

「え？　あ…、そ、そう。そうですよね」

どうしてだろう。ズキズキとした痛みが止まらない。

「ミハイル様の執念はすごいです。そんなにも誰かを愛せるなんて……」

「人は暗闇《くらやみ》で光を求める。それは生きる理由に他ならない」

身体ごとこちらに向き直ったミハイルに両手を取られ、そっと包みこむように握られて、
心臓が一際ドクンと鳴った。

「いくら昔の記憶を取り戻したとはいえ、おまえはレナートとは別の人間だ。無理に私を愛そうとしなくてもいい。……だがひとつ、私がおまえを愛することだけは許してくれ。それこそが私の生きる理由なのだ」

「ミハイル様」

「もちろん、本音を言えば愛されたい。必要とされたい。……おかしなものだな。こんな歳《とし》になってもまだ私は子供のように我儘だ」

ミハイルが俯《うつむ》きながら苦笑する。それがどれほど強い願望なのか、推し量れないほど鈍感ではない。

それでも、歩がなにか言うより早くミハイルは表情をあらためた。

「おまえは、私を二百年の孤独から救ってくれた。出会ってくれてありがとう。アユム」

そっと右手を持ち上げられ、あの時と同じように手の甲にキスが落ちる。

「ほんとうにこんな日が来たのだな。これで、いつ消えたとしても思い残すことはない」

「駄目です！」

彼らしくもない呟《つぶや》きに、考えるより先に言葉が出ていた。

「またせっかく会えたのに、二百年も待っていてくれたのに、消えちゃったらそれでおしまいじゃないですか。美術館だってまだ全部見ていません。あなたが案内してくれるって言ったのに」

「アユム」

「ぼくを置いていかないでください。ぼくがあなたの光なら、ずっと照らし続けますから。だから離れていかないでください」

ミハイルがまじまじと目を瞠る。澄んだペールブルーの瞳が信じられないというように小刻みに揺れた。

「それは、期待してもいいということか。おまえの愛を乞《こ》うことを、おまえは許してくれるのか」

「わ、からない、ですけど……でも、胸が鳴るんです。あなたといるとどうしようもなくドキドキするんです。他の人の話をされるとここが痛くなるんです。とても」

「アユム……」

ため息のような声とともにそっと胸に引き寄せられる。気づいた時には強く抱き締められていた。

「ゆっくりでいい。私を好きになってくれ」

「ミハイル様……」

「おまえはおまえのやり方で、私のことを愛してくれ。大丈夫、私は消えない。おまえの愛を受け取るまで意地でもいなくなったりしないと約束する」

ミハイルが得意げに片目を瞑《つむ》る。自分が聞き入れやすいように、わざと戯けてくれたのだろう。

だから歩もウインクに胸を高鳴らせつつ、よろこんでそれに乗った。

「約束ですよ。途中で消えたら怒りますからね」

「おまえに怒られるという経験も、それはそれで新鮮だが……」

「もう。なに言ってるんですか」

メッと睨《にら》みつける歩を見て、ミハイルが明るい声を立てて笑う。

つられていつの間にか笑わされながら、歩は胸の中に甘やかなものが広がっていくのを感じていた。

＊

それからというもの、二百年の空白を埋め合うようにふたりでたくさんの話をした。

芸術や歴史、そしてこの国の文化など、歩はどんな些細《ささい》な内容も知りたがったし、自分もまた彼に伝えられるのがうれしくて、気づけば閉館ギリギリまで話しこんでしまったこともある。別れ際、彼を離したくなくて「泊まっていったらどうだ」と提案しては笑顔でいなされるのも毎日の恒例となった。

今日もまた、いつものように歩専用のアートガイドをしながら広い美術館の中をぐるりと回る。

年代や国ごとにわかれたセクションの中から、歩が特に「これを」と指名したものや、これまでのやり取りから彼が興味を持ちそうなものをピックアップし、案内することにもだいぶ慣れた。

「ミハイル様、ガイドが天職みたいですね。作品に詳しいし、説明もとてもお上手です。……って、皇帝陛下相手に失礼でしたよね。すみません」

「皇帝など昔の話だ。今はアユム専門のガイドが性に合っている。本職のキュレーターに認められたのなら少しは自慢してもいいだろうか」

「それ、ぼくにしか聞こえませんけど……」

「おまえ以外に聞かせたいものなどいない」

「もう。なんですか、それ」

歩がくすくすと肩を揺らす。頭ひとつ分下にあるきれいな黒髪にそっとキスを落とすと、途端に頬を赤らめた彼が上目遣いにこちらを見上げた。

「……不意打ちは反則です」

「それなら、キスすると宣言してからすればいいのか？　そう言うとおまえは構えるかと思ったんだが」

「そ、それはそうです、けど……」

答えに窮して目を泳がせるのがたまらないほどかわいくて、なおも頬にくちづけた。

「ミハイル様！」

「大丈夫だ。誰も見ていない」

「それでもぼくの心臓がもちませんっ」

あまりに素直な理由にとうとう「ふはっ」と噴き出してしまう。

笑われたことにむくれた歩は頬をふくらませ、「ミハイル様なんてもう知りませんっ」

とスタスタ歩き出してしまった。

「すまなかった。調子に乗った。おまえを不快にさせたいわけではないのだ。許せ」

慌てて詫《わ》びると、ふり返った歩がなぜか眉をハの字に下げる。

「……その顔も反則です」

「なに」

「ミハイル様にそんなふうに言われたら、絶対許しちゃうじゃないですか。もう。狡《ずる》い」

「今日は散々な言われようだな」

「嫌いな人には言いませんよ」

「アユム……？　待て、それはどういう意味だ」

くすくすと笑いながら歩きはじめた歩を再び追いかけ、華奢《きゃしゃ》な肩を引き寄せた。素早く
周囲に目を走らせ、誰もいないことを確認した上で黒曜石のような目を見つめる。

「私は今、おまえにとてもくちづけたい。おまえのかわいらしい唇にだ」

「……！」

その途端、歩の顔にパッと朱が散る。

「嫌ならしない。おまえの嫌がることはしたくない」

「……っ。ミ…、ミハイル様は、ほんとに狡い………」

「それはイエスの返事だと思っていいのか」

顔を真っ赤にしたまま目を泳がせた歩は、少ししてこくんと頷《うなず》いた。

「アユム。愛している」

細い両肩に手を置き、そっと抱き寄せながらキスを落とす。

「……んっ」

唇が触れた瞬間、歩の身体がビクリと揺れた。小刻みにふるえるのを宥《なだ》めるように、何度も背中を撫《な》でているうちに少しずつ力が抜けていく。自分にすべてを預けようとしてくれているのだ。

——やっと摑《つか》まえた。私の光……。

自分の迂闊《うかつ》さから一度は失ってしまった希望を、またこうして腕に取り戻せるなんて。こんな日が来るなんて。何度嚙み締めても足りない。何度味わっても味わい尽くせない。

だからくり返しくちづけた。彼のすべてを確かめたかった。角度を変え、深さを変え、唇で、舌で、歯で、歩とのキスを存分に味わう。

だが、夢中になっているうちに歩の方はすっかり逆上《のぼ》せてしまったらしい。くったりと寄りかかってくるのを支えながらキスを解いて顔を覗きこんだ。

「どうした」

「なんか…、その、ふわふわしちゃって……」

恥ずかしくてしかたないとばかりに眉間《みけん》に皺《しわ》を寄せるのがたまらなくかわいい。いっそ横抱きにして介抱してやりたいところだが、他の鑑賞者の手前なんとか理性で押し留《とど》め、ミハイルは横から腰を支えながら歩をベンチへと連れていった。

「すみません。ご面倒をおかけして……」

「これも私の特権だ。それに、おまえをそうさせた原因は私だからな」

片目を瞑ってみせると、歩はわかりやすく頬を染める。

「そっ…、そうですよ。ミハイル様はガイドに徹していただかないと」

「私に生真面目《きまじめ》に作品解説だけしていろと言うのか」

「だって、そう言わないとしょっちゅう悪戯《いたずら》するでしょう。リストアップしてきた作品、全部見ないうちに時間切れになっちゃいましたよ」

「うん……？　どういう意味だ」

和やかに笑い返した後で、腹の辺りがシクリと疼《うず》いた。歩の表情がわずかに翳《かげ》っていたからだ。

「アユム？」

名を呼んで続きを促すと、彼はますます寂しそうな表情になった。なにか迷いでもあるのか、わずかに目を泳がせた後で、彼は思いきったように再び口を開いた。

「今日までの五日、あっという間でした」

それを聞いた瞬間、頭の中が真っ白になる。

――どうして忘れていたのだろう……。

彼は言っていた。日本との往復時間を除いた七日間、ここに通ってくるのだと。だから自分はできるだけ一緒にいるために、初日を除いた全六日のアートガイドを申し出た。歩の希望に基づきながら、午前はこちらを、午後はこちらをと案内するのが楽しくて、休憩ではここに寄ろう、たまには趣向を変えてあそこに行こうと、彼をよろこばせることだけで頭がいっぱいだった。

そんな歩との時間が、もうすぐ終わろうとしている。

あまりにも突然のことにミハイルは柄にもなく狼狽《うろた》え、言葉を失った。

そうしている間にも、歩はなにかに区切りをつけるように話し続ける。

「明日が、この国で過ごす最後の日です」

「帰るのか」

「ずっといたいですけど、でも、ぼくは旅行者ですから」

帰ったらすぐ日本での日常がはじまると、すでに未来を見据えている横顔がどこか遠い。ようやく同じ時を重ねはじめた矢先、彼だけが先に進んでいこうとしている事実に愕然《がくぜん》とした。

「…………」

――わかっていたことだ。

ミハイルは心の中で必死に自分に言い聞かせる。

わかっていたことだった。はじめからすべて決まっていたことだったのに、あらためて言葉にされた途端に動揺する。これまで何度も生まれ変わりたちを見送ってきたけれど、それとは比べものにならないほどの焦燥感がこみ上げた。

「やっと、おまえに会えたのだぞ……」

「ぼくも名残惜しいです。でも、きっとまた来ますから」

我儘な子供に言い聞かせるように手を取られ、両手で握り締められる。まるで別れの握手のようだ。とっさにふり払いたい衝動をこらえながら、ミハイルもまたもう一方の手で歩の手を包みこんだ。

それを額に押し当て、目を閉じる。

「アユム…………」

この手を離してしまったら、また会える保証などどこにもない。彼はまた来ると言ってくれたけれど、それがいつになるかもわからない。その間彼が病気や怪我《けが》をしたら、最悪命を落としたりしたら、二度とその機会はやってこない。

――――もう二度と、会えないかもしれない。

「……っ」

そう思った瞬間、冷たいものが背筋を這《は》った。

会えるかどうかもわからないまま二百年待ち続けた自分はもういない。一度でも再会のよろこびを知ってしまったら知らなかった頃には戻れない。いつの間にか自分はこんなにも臆病《おくびょう》で、我儘で、弱い生きものになってしまった。

強く噛み締めた奥歯がくぐもった音を立てる。

今ほど己の無力さを恨んだことはなかった。


まんじりともせずに迎えた夜明け。

今日がこの世の終わりだったらどんなにいいだろう。そうしたら、最期の瞬間まで歩と手をつないでいられるのに。

考えても詮《せん》ないことばかりが頭に浮かぶ。

こんな時、眠らない身体は厄介だ。せめて夢の中だけでも愛する人といつまでも一緒にいられたらいいのに、それすらも不死の自分には過ぎた望みでしかなかった。

今日も、いつものように美術館の門が開く。続々と傾《なだ》れこんでくる来館者らに混じって歩の気配を感じたミハイルは、そっと耳を欹《そばだ》てた。

彼は、多くの人間を足止めする豪華絢爛《けんらん》な大階段も大広間もなにもかもを素通りして、いつも一直線にこの小さな展示室に飛びこんでくる。近づいてくる足音に耳を澄ますのももうすっかり癖になってしまった。

「ミハイル様」

「おはよう。アユム」

いつものように朝の抱擁で彼を迎える。

この小さな身体を抱き締めることができるのも今日で最後だ。そう思うとつい力が入ってしまい、そんな自分に気がついてミハイルはハッと腕をゆるめた。

「……すまない」

「いえ」

言葉にせずとも彼にはすべて伝わっただろう。一度目を閉じ深呼吸をしたミハイルは、気持ちを切り替えるつもりで再び瞼《まぶた》を開いた。

「さぁ、せっかく最後の一日だ。今日はどこに行きたい？」

「今日は、ミハイル様とお話がしたいです」

「私と？」

展示は見なくていいのかと訊《たず》ねても彼は首をふるばかりだ。遙々《はるばる》日本から作品を見るためにここへ来たにもかかわらず、彼は自分との時間を優先しようとしてくれている。そのやさしさに胸が締めつけられる思いだった。

この一日は、愛しい人を失うためのカウントダウンだ。あの日のように大聖堂の鐘が鳴り終わったら歩はいなくなってしまう。

あらためてまざまざとそれを思い、ミハイルは奥歯を噛み締めた。

二百年、幾度も希望を磨《す》り減らしながら時が止まったような毎日を送ってきた。時間の概念などとうになくしたつもりでいた。

けれど今は、この一分一秒が過ぎるのが惜しい。このまま時が止まってしまえばいいのにと今ほど思ったことはなかった。

定位置となったベンチに並んで腰かけ、ネフの流れを見下ろしながら遠い過去に思いを馳《は》せる。同じように窓の外に目を向けていた歩が、畏《かしこ》まった様子で身体ごとこちらに向き直った。

「七日間、あらためてありがとうございました。ここに来たことでミハイル様と出会えて、思いがけず自分のルーツまで知ることができて……なんというか、不思議な気分です」

歩がしみじみと目を伏せる。

「全部つながっていたんですよね。ぼくが生まれたことも、アートに興味を持ったことも、グラッキーの絵に惹かれたのも、そして企画展をやることも……。全部ミハイル様と再会するためだったのかもしれませんね」

大きく息を吸いこみながら歩は顔を上げると、周囲をぐるりと見回した。

「ここが宮殿だった時のことを思うと感慨深いものがあります。あの頃はこうして大手をふって一緒に歩いたりできませんでした。ぼくは、一度でいいからあなたと散歩がしてみたかった。……今もネフの川べりには行けませんけど」

そう言って肩を竦める。その苦笑の奥にどれだけのものを呑みこんでいるか、推し量れないわけがない。

歩は静かに微笑みながらあらためてこちらを見上げた。

「ここは思い出でいっぱいです。昔のことも、今のことも、ぼくにはどちらも宝物です」

「アユム……」

これが少し前の自分だったら、彼にそう言ってもらえたことを素直にうれしいと感じただろう。ともに重ねた日々を宝物と言ってもらえて、自分たちのことを大切に受け止めてもらえて、良かったと思ったに違いない。

けれど、今は。

「そうやって、過去にしてしまうのか」

「え？」

「私はまた、おまえを失うのか」

突き動かされるように感情を吐き出す。最後まで毅然とした人間でいたかったけれど、もはやそれもできそうになかった。

「今度は何年待てばいい。何十年、何百年待てばいいのだ」

「ごめん、なさい」

　歩が痛みをこらえるように眉を寄せる。それすらも彼の拒絶に見える。

「傍にいてくれ。私から離れていかないでくれ。おまえを失うことはあまりにも辛い」

なりふり構わず言葉を重ねても、懇願しても、それが届くことはなかった。

「ごめんなさい。そうしたい気持ちはぼくも同じです。でも……帰らなくちゃ」

「アユム」

「ぼくにはぼくの仕事があります。あなたが導いてくださったものです。それをきちんと成し遂げなくちゃ」

「それは私を捨て置いてもか」

「捨て置くだなんて、そんな言い方……」

「どうしたらおまえを失わずにいられるか、そればかりを考えている。そのためなら私はなんだってする。私たちの愛を守るためならなんだって……！」

まるで子供の我儘だ。わかっているのに自分で自分を抑えられない。仄暗《ほのぐら》い感情に突き動かされるままミハイルはふらりと立ち上がった。

「私にはアユム、おまえしかいない。おまえを失ってまで私が生きる意味はない。二度と会えなくなるくらいなら、おまえを永遠に私のものにする」

見下ろした歩の瞳が不安に揺れる。それを目に焼きつけて、ミハイルは強引にその腕を取った。

「わっ、なに……」

有無を言わさず二の腕を掴んで立ち上がらせると、そのまま隣の展示室へと歩いていく。かつての暮らしを再現している部屋の一角には統治時代に使っていたクローゼットも置かれていた。

当時イタリアから取り寄せた、螺鈿《らでん》細工が施された美しい品だ。あの頃は着るものなど世話係に任せきりで省みることもなかったのに、まさか二百年の時を経て自分で開けることになるとは思わなかった。

「……ミハイル様？」

観音開きの扉に手をかけるのを見て、歩が不穏な声を上げる。

けれどミハイルは耳も貸さず、ひと思いに細い背中を押した。歩がつんのめるようにして中に倒れこむなり扉を閉め、外側から閂《かんぬき》をかける。

すべては一瞬の出来事だった。

「ミハイル様！」

すぐさま内側から、ドン！　という音が響く。

「やめて！　出してください！　ミハイル様！　ミハイル様！」

ミハイルは全体重を預けて扉を塞《ふさ》ぎ、掴まえた光が逃げてしまわないようにと願った。

こうでもしなければ彼はここからいなくなってしまう。自分を置いて出ていってしまう。二度と会えなくなるかもしれないのに。それに怯《おび》えて暮らすのはもう嫌だ。

「出して！　出してください……！　お願い、だから……」

扉が激しく叩《たた》かれるたび、背中に感じる彼の抗議に心がバラバラになりそうになる。自分が傍にいてほしいと願うほど、彼はこの手から逃れようとするなんて。ミハイルは懸命に奥歯を噛み締め、扉を強く押さえ続けた。

どれくらいそうしていただろう。

次第に歩の声は小さくなり、扉を叩く力も弱まってくる。ようやく気持ちが通じたのかと思ったまさにその時、遠くから人々が集まってくるのが目に入った。

腕章をつけた監視員と思《おぼ》しき男性が来館者たちの案内で駆けてくる。口々に「あの中に人がいる」「閉じこめられているようだ」と状況を伝えているのが耳に入り、ミハイルはとっさにクローゼットから背を離した。

「大丈夫か」

中に向かって呼びかけた監視員の声に、少し遅れて歩が「はい」と返事をする。

「門がかかっているじゃないか。まったく、誰がこんな悪戯を……」

男性は慣れた手つきでドアを開け、中に向かって手を伸ばす。

その手を頼りに外へと連れ出された歩はぐったりとして、ひどく青白い顔をしていた。

「怖かったろう。もう大丈夫だ」

「すみ、ません……」

「その様子じゃひとりで立てないな。医務室で話を聞こう。そら、行くぞ」

遅れてやってきたもうひとりのスタッフとふたりがかりで左右から支えられ、医務室へ連れていかれる歩にミハイルは呆然《ぼうぜん》とつき添う。はじめて訪れた医務室は美術館の中とは打って変わってひどく簡素で、壁も天井も真っ白だった。

簡易ベッドに寝かされた歩が監視員や医療スタッフに囲まれ、訊《き》かれたことに弱々しく答えるのをミハイルは見守ることしかできない。力なく横たわる様子に、不謹慎ながらもものも言わぬ骸《むくろ》となったレナートと対面した時のことを思い出し、ようやく自分のしたことの怖ろしさを知った。

「私は……なんということを……」

自分のせいでまた愛しい相手を死なせてしまうところだった。もう少しで、ほんとうに彼を永遠に失ってしまうところだった。

胸が潰れそうなほどの罪悪感に目の前が真っ暗になる。

聴取が終わり、スタッフが席を外すのを見計らってミハイルはベッドに駆け寄った。

「アユム」

「ミハイル、様……」

何度か瞬《まばた》きをくり返してから、歩が弱々しくこちらに顔を向ける。

「すまなかった。ほんとうに、すまなかった」

どんなに責められても詰《なじ》られても当然の報いだと思っていたのに、なぜか歩は安心させるように微笑んでみせた。

「もう…、大丈夫、ですから。ちょっと気が動転してしまって……。お騒がせしました」

ベッドサイドの椅子《いす》に腰かけ、伸ばされた細い右手を両手で包む。

「私はおまえを辛い目に遭わせてばかりだ。おまえが生まれてくれて、そして生きていてくれてこんなにもうれしいのに、しあわせなのに、それなのに私は……！」

「ご自分を責めないでください。ぼくだって、お傍にいたい気持ちは同じです」

もう片方の手で頬に触れられ、子供に言い聞かせるように何度もやさしく撫でられて、自分でもおかしいと思うのだけれど声を上げて泣きたくなった。

「ずっとここにいたい。ここで、あなたと一緒に毎日素晴らしい作品を楽しんでいたい。

……でも、わかってください。いきなり今の生活を捨てることはできません。なにより、グラッキー展を成功させなくちゃ」

漆黒の目は、彼の強い信念に満ちている。

「ぼくには、ルーシェ美術の素晴らしさを広く知らしめる使命があります。ミハイル様が宮廷画家として召し上げてくださった父グラッキーの偉業を、そしてルーシェの文化というものを、もっともっと日本の皆さんに知ってほしい。そして味わってほしいんです」

「アユム……」

もはや、返せる言葉などなにもなかった。

体調が落ち着いたという彼から「場所を変えましょう」と促され、医療スタッフに礼を言って医務室を出るのを横から支える。

閉館時間が迫っているためか出入口の辺りは人も疎《まば》らで、落ち着いて話をするのに向いている。並んでベンチに腰を下ろすと、遠くから風に乗って土の匂いが漂ってきた。

こうして自然を感じるなんてどれくらいぶりだろう。

宮殿から出られなくなって以来、土に触れることもなくなった。芝生に寝転ぶことも、花の香りを嗅《か》ぐことも、太陽の光を浴びることも、なにもかも。人間らしく生きることのほとんどすべてを失った。そうまでしてでも手に入れたいものがあったからだ。

――不死とは、なんだったのだろう。

今あらためて考える。そして、死なないということは、生きていることと同義ではないのだと痛いほどに思い知った。

「………おまえの思いはよくわかった」

「ミハイル様」

「これほどまでにルーシェを大切にしてくれているアユムを、私の個人的な思いで引き留めてはならないと思い直した。私がいつまでも同じところで足踏みをしている間に、おまえは立派に成長していたのだな」

「足踏みだなんて」

「おまえの夢は、私の夢でもある。私はおまえに敬意を表し、全力で応援していよう」

言葉にした途端、胸の奥が灼《や》けるように痛くなった。

それでも、自分は彼の背中を押さなければならない。運命を見届けなくてはならない。それが、生きとし生けるものの掟《おきて》をねじ曲げてでも我を通した己の使命だと思うから。

ミハイルは大きく深呼吸をすると、まっすぐに歩を見つめた。

「どうかこれだけは忘れないでくれ。私の心はいつもおまえとともにある。どんなに遠く離れていてもそれだけは変わらない。私の愛は、永遠におまえだけのものだ」

腕を伸ばすと、歩からも同じように手が伸びてくる。お互いの身体の間に微塵《みじん》の隙間《すきま》もないほど固く固く抱き締め合い、想いのすべてを明け渡し合った。

たとえこれが最後の別れになったとしても、運命を呪《のろ》わないように。彼の前途を祝えるように。再会の奇跡に願いを託して。

「必ず、また来ます。約束します」

「あぁ。待っている」

何度もこちらをふり返り、その都度目元を拭《ぬぐ》いながら歩がとうとう美術館を出ていく。今すぐ駆けていって涙を拭ってやりたい気持ちをグッとこらえつつ、その姿が見えなくなるまで見送って、ミハイルはきつくこぶしを握った。

――これでいい。これで良かったんだ。

一歩一歩確かめるように大階段を昇りきり、いつもの展示室まで歩いていく。ふたりの定位置となったベンチに腰を下ろした途端、濁流のように推し寄せる感情にミハイルは溺《おぼ》れ、目を閉じた。

こうなることを自分はわかっていた。それでも、これで良かったと信じたい。

壁に凭《もた》れかかり、遠ざかる恋人に思いを馳せる。

さようなら。私の希望、私の光――。

それきり、ミハイルは長い長い眠りに就いた。

あれは夢だったのかもしれない。

時々そんな思いに駆られては、誰にも打ち明けられないまま仕事に忙殺されていく。

夏期休暇を終え、すぐさまキュレーターとしての忙しい毎日に戻った歩だったが、魂の半身を失ったような強い喪失感に苛《さいな》まれ、うまく自分をコントロールできずにいた。

仕事に追われている時はまだいい。メールを返し、契約書を読み、施工図面を見ながらああでもない、こうでもないと話し合っている間はすべてを棚上げしておける。

けれど、職場からの帰り道や眠る前のひとときなど、ひとりになった瞬間に自分の心にぽっかりと空いた大きな穴を痛感するのだ。ミハイルを置いて帰国するという決断はほんとうに正しかったのだろうかと思い悩むばかりだった。

——でも、しょうがなかったんだ。

自分には暮らしがある。

どんなにレナートの生まれ変わりと言われようと、ミハイルに再会するためにキュレーターの道に進んだのだとしても、歩には歩の生活がある。勤め先に迷惑をかけるわけにはいかないし、実家の両親にも心配はかけられない。

——だから、あれで良かったんだ。

誰に相談したってそう言うはずだ。一時の感情にふり回されてなにもかも失うわけにはいかないだろうと。

そもそも自分はグラッキー展にあたって、本場の空気を体験したくてルーシェ美術館を訪れたのだ。行ったきり帰ってこないのでは本末転倒もいいところだろう。

――きっと、ミハイル様もわかってた。

わかっていて、彼は我儘を言ったのだ。二百年もの長い間再会を待って、待って、待ち続けて、何人もの転生相手と目と鼻の先ですれ違いながらも叶わぬ願いに焦がれた彼が、やっと摑まえた自分を離したくないと思う気持ちは痛いくらいよくわかった。

あんなに誰かに一途に愛されたことはない。あんなに愛を乞われたことも。

――ぼくのことを、生きる理由だって言ってた……。

二十五年間生きてきて、自分にしかできないことなんてほとんどなかった。

専門職にこそ就いてはいるが、キュレーターだって言ってしまえばサラリーマンだ。歩以外の誰にも任せられない仕事があるわけではないし、欠員募集をすれば全国から応募が殺到してすぐに補充できるだろう。

それを悲観しているわけではない。自分は、皇帝や芸術家といった唯一無二の存在ではない、ただそれだけのことだ。

そんな歩を、だがミハイルは『大切なたったひとり』として扱ってくれた。レナートの生まれ変わりとして、そして歩自身として。

――私の愛は、永遠におまえだけのものだ。

最後にもらった言葉を思い出し、心臓の強い鼓動を手のひらで受け止める。

結局、ミハイルにはなんの言葉も返さなかった。一度だけキスを許した他は、彼のように正面から愛を語ることも、乞うことも、誓うこともしなかった。それをしたら離れられなくなりそうで怖かったのだ。

「ミハイル様……」

深いため息とともに顔を覆う。瞼の裏に浮かぶのは彼のやさしい笑顔ばかりで、自分のせいで悲しませてしまっていると思うと申し訳なさに胸が詰まった。

今頃、ミハイルはどうしているだろう。

誰からも存在を認識されず、誰とも談笑ひとつできないまま、透明人間のように過ごしているだろうか。楽しかった日々を思い出すことは、果たして彼の慰めになっているだろうか。それとも余計に苦しめているだろうか。

今すぐ飛んでいきたい気持ちをこらえて強く奥歯を噛み締める。昂《たか》ぶった感情を抑える時の彼の癖だ。ずっと一緒にいるうちにそんなことさえ覚えてしまった。

歩は大きく息を吸いこみながらゆっくりと顔を上げる。

一階にある吹き抜けのロビーは自館の中でも特に好きな場所だ。ルーシェに行く前もここから外を眺めたっけ。翌日からはじまる夏休みに心を躍らせて。異国への期待と将来の展示にわくわくと胸を膨らませて――。

またも脳裏に懐かしい面影が浮かんできて、歩は小さく首をふった。

いつ、なにをしていても思い出すのはミハイルのことばかりだ。仕事に集中しなくてはと思うのに、時々こうして頭をリセットする時間がないと自分をうまく保てない。こんなことでは企画展の準備も疎《おろそ》かになってしまう。それだけは駄目だ。そのために帰ってきたようなものなのに。

――しっかりしなくちゃ。

心の中で己に言い聞かせていると、遠くから自分を呼ぶ声がした。グラッキー展のメイン担当である相羽がこちらにやってくるのが見える。

「三倉。ここにいたのか」

「すみません。探させてしまいましたか。なにか……」

「いや、別に大したことじゃないんだ。ちょっといいか？」

ベンチに並んで腰を下ろした相羽は、身構えているのを見て察したのか、おかしそうに肩を竦めた。

「悪い話をしに来たわけじゃないって。おまえが最近、心ここにあらずって顔してるなと思ってさ。そういう時が危ないんだ。なんか心配事でもあるんじゃないのか？」

「え？　……あ、いえ…、その、……すみません」

歩は力なく項垂《うなだ》れる。

言えるわけがない。二百年前の恋人と離れ離れになったことを悩んでいるなんて。

知らぬ間に暗い顔をしていたのか、いつものように髪をくしゃっとかき混ぜられた。

「こーら。謝らせたくて訊いてるわけじゃないんだぞ」

「相羽さん」

「俺で力になれることがあるなら言ってほしいと思っただけだ。無理やり口を割らそうなんて思ってないから、そんなに警戒するな」

「あ…」

余計気を使わせてしまった。

またも「すみません」と言いかけて、これ以上謝っては失礼かもしれないと思い留まる。だからせめて「ありがとうございます」と頭を下げた。

「この間の旅行がとても楽しくて、それで、ホームシックみたいになっているだけです。でも、そうも言っていられませんよね。グラッキー展、絶対に成功させなくちゃ」

「三倉?」

「せっかく相羽さんの企画が通ったのに、ぼくが足を引っ張るわけにはいきませんから。サブ担当として一生懸命頑張りますね。無事に初日を迎えられたら、相羽さん、思う存分泣いてくださっていいですよ」

「三倉。おい、いいから」

ポンポンと優しく背中を叩かれながらそれ以上の言葉を止められる。

「そんなに頑張りすぎなくていい」

「え？」

「グラッキー展のこともこの際いい。開催は二年も先なんだ。今から全力疾走してたら息切れするぞ。おまえにとってははじめてのことも多いんだし、ゆっくり学んでくれればそれでいいんだ」

「でも、それじゃ……」

サブ担当がある程度雑事をこなさければ、皺寄せはメイン担当に行く。そうでなくともメイン担当者の仕事は多い。表に立ってすべてをハンドリングしていかなければならないからだ。

だから自分が頑張って、相羽の負担を少しでも減らせればと思っていた。ここまで育ててもらった恩義もあるし、仕事のできる憧《あこが》れの先輩に認められたいとの思いもあった。

歩の考えなど全部お見通しだっただろう。相羽は「しょうがないやつだな」と言わんばかりに眉根を下げた。

「三倉にいいとこ見せるチャンスなんだから、おまえはしっかり俺を見てること」

「いいとこだなんて……相羽さんはいつもすごいじゃないですか。仕事は速くて正確だし、ていねいだし、それに、こんなふうにやさしくて……」

「褒め殺しだな。でも、誰にでもそうしてるわけじゃないんだぞ」

相羽は苦笑しながらも意味ありげに片目を瞑る。

「俺だって人間だし、なんなら下心もある。いつまで経っても気づいてくれないどこかの誰かさん相手に四苦八苦中だ」

「え、えと……？」

意味を摑みかねていると、相羽が長い指をパチンと鳴らした。いいアイディアを思いついた時の彼の癖だ。検討が暗礁《あんしょう》に乗り上げた時や議論が止まってしまった時、この音を聞くと突破口が示されたようで空気がほっと和むのだ。

相羽はいつものように落ち着いた顔で、けれど少しだけ得意げに頰を持ち上げた。

「おまえの悩み、俺が解決してやるよ」

「え？　どうやってですか？」

「俺に夢中にさせて」

当然のようにさらりと言われて、思わず聞き間違いかと耳を疑う。まさか男の自分までそんなことを言われるとは思わなかった。

「さすが、モテる人は違いますね……」

普通の人間が口にしたら気障《きざ》だと笑われるようなそんな台詞《せりふ》も、相羽が言うと不思議としっくりくる。自分が女性だったらクラッときていたかもしれない。

「誰にちやほやされたって、好きな相手にふり向いてもらえなきゃ意味ないだろ」

「へぇ。相羽さんでもそんなふうに思うんですか」

「おまえは俺をなんだと思ってんだ。……いいか。とにかく、悩んでる暇なんてないくらい俺のことで頭がいっぱいになるようにしてやる。そうすれば悩みのもとなんてどうでもよくなるだろ」

ある意味一理ある。強引だけれど、気を逸《そ》らすという意味では荒療治にはなるだろう。

けれど、それ以前に大問題だ。

「でも、それってぼくが相羽さんのことを好きになるってことじゃないですか」

「なにか問題でも？」

「だって、相羽さんもぼくも男ですよ？」

「俺は男にしか興味ないけど？」

「え？ ……えっ？」

あっさりと打ち明けられて今度こそ言葉を呑んだ。

「三倉を落としたくて頑張ってたんだけど。じゃなかったら、あんなに世話焼かない」

隣に座った相羽が上体を倒し、下から顔を覗きこんでくる。その意味深な眼差《まなざ》しを受け止めながら歩はこれまでのことを思い返した。

言われてみれば、なにをするにも親切だった。常に至れり尽くせりで、でもそれは歩が至らないがために着地点に先回りしてくれているものだと思っていた。女性を近づけさせないのだって、彼を巡って余計な諍《いさか》いが起きないようにと気を配った結果とばかり思っていたのだ。

——全然違ってた……。

自分のあまりの鈍さに呆《あき》れる。昔から好きなことには寝食を忘れるほど夢中になる一方、視界に入らないことはとことん省みない性格なのだ。

相羽のことはコンビを組んだ先輩として尊敬していても、それ以上の感情はなかった。こうして打ち明けられた今も同じだ。

どう返事をしたものかと思っていると、ポンと背中を叩かれた。

「そんな困った顔するな。おまえがこっち側の人間じゃないのはわかってる」

「相羽さん」

「でも、驚いた。気持ち悪いって言わないんだな」

相羽が形のいい眉を寄せて苦笑する。同性を愛するというだけで傷ついた過去があったのだろう。人が人を本気で好きになるのに性別は果たしてどれほどの意味があるのか。

そう言うと、彼は驚いたように目を瞠った。

「おまえがそんなこと言うなんて……」

「もう。相羽さんこそ、ぼくをなんだと思ってるんですか」

「はは。そうだよな。ただのかわいいニブチンじゃないよな」

「それ、全然褒めてませんよ」

頬を膨らませて抗議すると、それを見た相羽が声を立てて笑う。

「にしてもおまえ、さっきのは俺にとって朗報だぞ。いいのか、そんなこと言って」

「え？」

「抵抗がないならグイグイ押すぞって言ってんだ。まぁ、抵抗があったとしても少しずつ押すつもりではいたけどさ」

遠慮なく口説くと宣言され、さすがにこれ以上はいけないと歩は首をふった。いくら彼の性的嗜好《しこう》に抵抗はなくとも、相羽を恋愛対象として受け入れられるわけではない。

「お気持ちはうれしいですが、ぼくはお受けできません」

相羽が一瞬顔を曇らせる。それでも彼は果敢に笑った。

「今すぐじゃなくていい。絶対好きにさせてみせるから覚悟しとけ」

自信ありげな言葉にどう返したものかと目を泳がせていると、それを見た相羽が今度はいつもの顔で笑った。

「そういえば、ルーシェ旅行の話、まだ聞いてなかったよな。どうだった？」

水を向けてもらったことにほっとしながら、歩は「すごく良かったです」と頷いた。

「時差ボケで大変でしたけど、やっぱり思いきって行って良かったです。現地でしか味わえないものってありますよね」

絵が壁にかかっているというのは同じでも、それを取り巻くすべてが違う。

「その絵が描かれた当時にタイムスリップしたような気分になりました。社会情勢や人々の暮らし、そういったものを嚙み締めながら見ることでいっそう味わい深い経験になったと思います」

ミハイルが専属のアートガイドとして付き添ってくれたおかげだ。本や資料からは感じ取ることのできなかった微妙なニュアンスも彼が的確に伝えてくれた。

「特に今回は、グラッキーを中心とした皇族の人間関係を追いかける旅でもありました。貧しい家に生まれて、腕一本でのし上がった人だったのに、宮廷画家に召し上げられても放浪をやめずに宮廷暮らしを拒み続けたなんてすごい話ですよね。皇帝陛下にノーが言える画家なんてそういないですし……。でも、彼を召し上げたミハイル一世はグラッキーの性格をちゃんとわかっていて許していました。そういう性分だからしかたないって。それでも彼の絵は素晴らしいって」

あちこちを旅しながら絵を描いていたことから、グラッキーは『歩くキャンバス』とも呼ばれていたとミハイルは苦笑しながら教えてくれたっけ。

「そんなグラッキーをお抱え絵師としてつなぎ留めておくために、画家の息子レナートも宮廷で働いていたようです。ほんの一時でしたけど、それはしあわせな日々だったと」

生涯の最期をあんなふうに閉じることになったとしても、レナートは幸福だったと今も思う。最愛の人に愛されて、同じだけ彼を愛して、そして時代の間《はざま》に散っていった。

「ミハイル一世には、アレクサンドラというロシア出身のお后様《きさき》がいました。ですが彼女とは折り合いが悪く……事実、皇后は国民を省みるような方ではありませんでしたから。そんなこともあって、ミハイル一世は『見たものの本質を抉《えぐ》り出す』と評判のグラッキーを宮廷に招いたと言われています。ささやかな意趣返しだったのだと思います」

自己顕示欲の強いアレクサンドラは何枚も自分の肖像画を描かせたたし、それを口実に新しいドレスを作らせては着飾ることを楽しんでいた。

けれど、でき上がった絵はなぜか飾らなかったという。彼女も絵から滲《にじ》み出るなにかを感じていたに違いない。周囲にはグラッキーの腕が悪いと文句を言っていたというけれど、それを聞いた人の中には真実を知るものもいただろう。

「皇后の肖像画が残っていないのが残念ですね。彼女が全部燃やしてしまって……」

気性の荒い人だけに、気に食わないものはとことんまでやりこめないと気が済まない。グラッキーの絵を散々詰った後、それに火を点《つ》けてよろこんでいるところを見て、そのたびに心を痛めたものだった。

「そんな彼女の生き甲斐《がい》はひとり息子のアレクセイでした。ミハイル一世とは血のつながりはなく、母子で皇太子派を組織して革命を起こすなど、この頃のルーシェには血生臭いエピソードしか見つかりません。政権交代の混乱の中でいくつもの作品も失われてしまいました」

時代の転換期というものはいつだって尊い犠牲を要求する。人の命も、文化も、なにもかも。それに呑みこまれたが最後、歴史の表舞台からは葬られ、二度と日の目を見ることはないのだ。

歩はスマートフォンを取り出すと、皇帝の肖像画の写真を表示した。

ほんとうはミハイル自身を撮りたかったのだけれど、不可視の彼は写真に写らなかったため、写し絵の方をお守り代わりに撮影してきたというわけだ。

あらゆるものをその背に背負った第十三代ルーシェ帝国皇帝の肖像。

グラツキーの代表作であり、彼の名を世界に轟《とどろ》かせた一枚でもある。モデルのミハイルが歴史の闇に葬られたことを思うとなんとも皮肉な話だけれど。

あらためて絵を見つめながら歩はそっと目を細めた。

「こんなふうに、今も残る作品にはルーシェの息遣いが宿っています。それをこの目で見ることができてほんとうにしあわせでした。いずれここにも迎えることができると思うと、今からもう待ちきれません」

瞼を閉じれば、展示室に並んでいたたくさんの作品を思い浮かべることができる。

そのどれもが思い出深く、遠い異国に思いを馳せていた歩だったが、ふと我に返って慌てて目を開いた。

「すみません。ぼくばっかり一方的に喋《しゃべ》ってしまって……」

しかも作品のことというよりは、ルーシェ皇室の話ばかりだ。

さすがの相羽も呆れているかもしれないとそちらを見ると、彼はなぜか食い入るように歩のスマートフォンを覗きこんでいた。その視線の先には皇帝の肖像画がある。

「ミハイル一世……革命……アレクサンドラ、アレクセイ……血の、つながり……」

「あの、相羽さん……？」

歩の呼びかけも聞こえないかのように、相羽は何度も口の中でくり返している。先ほどまでとはガラリと変わった横顔に、歩は戸惑いながらもじっと見守るしかなかった。

「画家の息子……父上の玩具《おもちゃ》……ダラドの馬車……」

「……え？」

今、思いがけない名があったように思う。聞き間違いだろうかと顔を覗きこんだ瞬間、相羽がカッと茶色の目を見開いた。

「――思い出した」

形の良い唇がゆっくりと吊《つ》り上げられていく。

「なにもかも思い出した。自分の過去も、そしておまえのことも。まさかこんなところで再会するなんて思いもしなかったよ――レナート」

「……！」

その瞬間、心臓がドクンと跳ねた。

――どうして、その名前を……。

ミハイル以外の誰かから、レナートと呼ばれることがあるなんて。

動揺で口も利けない歩とは正反対に、相羽はうれしそうに微笑むばかりだ。

「また生きて会えるなんて、これは運命かもしれないな」

「……あなたは、誰ですか」

「おまえが愛した男の息子。そう言ったらわかるか」

「な…」

今度こそ、ほんとうに息が止まった。

「……うそ…、でしょう………？」

頭を強く殴られたような衝撃にまざまざと目を見開く。

よりにもよって、彼がアレクセイの記憶を持っていたなんて。ミハイルに反旗を翻した張本人の生まれ変わりだったなんて。

――そんな馬鹿な。

自分が転生できたのはミハイルの力があったおかげだ。誰にでもできることではない。ましてやアレクセイはミハイルの実子ではない。不思議な力を受け継いだとも思えない。

頭の中で必死に思い巡らせていると、それを見た相羽がふっと笑った。

「疑ってるのか？　まぁ、無理もない。だが言ってしまえば簡単なことだ」

彼は手品の種明かしをするように軽やかに話しはじめる。相羽、もといアレクセイは、
洗礼で力を授かったという。

「皇族の赤ん坊には国教会の大司教が洗礼を施すとともに、皇帝も皇太子に対して秘蹟《ひせき》を行う。その時に、少しばかり力を譲り受けた」

皮肉なことに、そうして受け継いだ力によって革命は皇太子派の勝利で終わり、ミハイルは皇位を追われることになった。

「なんて、こと……」

不義の子であるにもかかわらず、公然の秘密としてそれを認知し、秘蹟まで授けたというのに、その結果ミハイルは息子に追い落とされることになってしまったなんて。

「俺が力を継いでいることは母親も気づいていた。だから俺を担いだんだ。あの人は俺を生んだことでルーシェの頂点に立ったようなものだ」

人としては好きじゃなかったが。

彼はそうつけ加えながらも懐かしそうに目を細めた。

「ひどい両親だったよなぁ。片や男に入れ上げて、もう片方は浮気三昧《ざんまい》」

「ミハイル様のことを悪く言うのはやめてください」

「へぇ」

相羽が愉《たの》しそうに目だけをこちらに向ける。

「そう言うってことは、やっぱりおまえ、レナートの生まれ変わりだったんだな。今でもあの男に操立てしてるのか？」

「あの男だなんて……仮にも父親だった人でしょう」

「真面目だけが取り柄の、ちっともおもしろみのない男だ。少なくとも俺は良くしてもらった記憶はない」

「だって、それは……」

妻の浮気相手の子をかわいがれという方が無理だ。

それでも息子の立場から見れば、自分を疎ましく思う父親というのも辛いものがあったのかもしれない。

口籠《くちご》もる歩に、相羽は「よっ」とかけ声をかけながら凭れていた壁から身を起こすと、そのままの勢いで立ち上がった。

「まぁ、なんにせよ昔の話だ。過去は変えられない。俺たちの前にあるのは未来だけだ」

「そう…、ですね」

相羽の言うことは正しい。

それでも、過去とは決別しろと言われているようでもやっとなった。二百年もの長い間、自分だけを待ち続けてくれていたミハイルを過去のものとして片づけたくない。

情熱的な眼差しを思い出しているうちに、気づけば相羽が目の前に立っていた。こちらを見下ろす双眸《そうぼう》はなぜか怪しく光っている。

「おまえは考えてることが顔に出る。気をつけないとな。前にもそう言ったろ？」

「え？」

「ミハイルのことを思い出してたんなら残念だったな。これからは、俺が全力で落とすつもりでいくから覚悟してろ」

壁に手をつき、座ったままの歩を閉じこめるようにして彼が顔を近づけてきた。それは一瞬のことだったのだけれど、一気に血の気が引いたのが自分でもわかる。もう少しで唇同士が触れるところだった。こんなところで、人の目も気にせずに。

「相羽さ…っ」

「俺は」

言葉尻《ことばじり》を奪った相羽がニヤリと頬を持ち上げる。

「恋人は大事にする。自分の不注意で死なせたりしない。安心して俺に落ちてこい」

「……っ」

言い終えるなり、相羽は踵《きびす》を返して行ってしまう。

その後ろ姿を歩は呆然としたまま見送るしかなかった。

静寂の世界に朝の光が差しこんでくる。

窓辺に立ったミハイルは眼下を見下ろし、ペールブルーの瞳に街を映した。

今日もまた、新しい一日がはじまろうとしている。歩に再会する前のように淡々と過ぎるだけの無機質な一日が。

すべてがモノクロームに沈んだようだ。悠々と流れるネフの水面《みなも》も、朝日に輝く大聖堂の尖塔も、美しいはずなのに今の自分には無味乾燥なものに映る。

歩が去って、世界のすべては色褪《いろあ》せた。いつ、なにをしていても彼のことばかりを思い出す。なまじ再会してしまったがゆえに、離れ離れになったことへの深い喪失感がミハイルを襲い、日毎夜毎《ひごとよごと》に苦しめた。

それでも、彼の背中を押したことは正しかったのだと信じている。歩は現代社会に生きる生身の人間だ。彼には彼の人生がある。それだけは決して忘れてはならない。

最後の日、自分は誓った。歩の夢は自分の夢だと。全力で応援するのだと。

――――だから、良かったんだ。

朝焼けにきらきらと輝く水面を見つめながら、それこそ夢のようなことを思う。

この心が歩とともにあるように、自分自身も彼の傍にいられたらどんなにいいだろう。

いつか来る彼を待つのではなく、自分の方から会いに行けたら――。

「あ……」

思いがけない考えにハッとする。そんなこと、これまで考えたこともなかった。

死なない生きものとなった以上、宮殿から出られないと頭ごなしに思っていた。実際、出入口を跨《また》げないことは不死の身体を得てすぐに試している。何度やっても結果は同じで、いつしかそれが当たり前になっていた。

けれど。

「いいのか。いつまでもこのままで」

声に出した途端、胸の奥から熱いものがこみ上げる。反論を待つ自分がいることに気がついて、ミハイルは己を奮い立たせた。

これまで、何度も奇跡を起こしてきた。強引に運命を引き寄せてきた。それなら今度もきっと方法があるはずだ。歩のもとに行くために。四季のある美しい国、日本へ。愛する彼の生まれ育った国へ。

「考えよう。答えはある」

自分に言い聞かせるように呟くと、ミハイルは美術館の中を歩きはじめた。

かつてこの国を治めた時もよくこうして歩きながら考え事をしたものだ。身体を動かすことで脳がリラックスし、発想自体が柔軟になる。

小さな展示室を出て、大広間へ。それをまっすぐに抜けて回廊へ。開館前の美術館はシンと静まり返っていて、コツコツという靴音だけがどこまでも響く。今はまだ眠りの中にある孔雀宮も、あと三時間もすれば世界中から集まった鑑賞者たちであっという間ににぎやかになる。そして誰もが歩のように、目を輝かせて絵を見上げるに違いない。

彼を案内した時のことを思い出しながらとある部屋に足を踏み入れた時だ。

ふと、誰かに呼ばれたような気がして立ち止まったミハイルは、辺りを見回してそこがレナートとはじめて出会った場所だと気がついた。壁にはあの日と同じようにグラッキーが描いた自分の肖像画がかけられている。

それを見た瞬間、閃《ひらめ》いた。

「そうだ。これだ……！」

この絵は、グラッキー展の目玉のひとつとして貸し出されると歩から聞いている。彼の生まれ故郷である日本に自分の肖像画が飾られると聞いて、なんだかくすぐったいような、そわそわと落ち着かないような、不思議な気分がしたものだった。

――もし、この絵の中に入ることができたなら。

突拍子もない思いつきだ。歩に会う前の自分だったら、たとえそんなことを思いついたとしてもやってみようとは思わなかっただろう。

けれど、今は違う。

どんなリスクが伴おうとも、方法があるなら試すまでだ。

ミハイルは思いきって絵の表面に手のひらを近づける。すると、二百年も前に描かれた油彩であるにもかかわらず、まるでついさっき描き上がったばかりのように表面がほんのりとあたたかくなった。

「共鳴している、のか……？」

まるで絵そのものが意思を持っているかのようだ。

モデルが自分だとわかるのだろうか。あるいは、グラッキーは人の内面をキャンバスに留めるのが得意な画家だったから、筆致のひとつひとつにこめられた皇帝の情念のようなものが時を超えて甦っているのかもしれない。

ミハイルは意を決し、真正面から己に向き合う。

「どうか私を受け入れてくれ。再びひとつになることを許してくれ。日本に行くために。歩の傍に行くために……」

ただそれだけを強く願った。

祈りの形に組んだ両の手のひらが少しずつ熱くなってくる。奇跡が起ころうとしているのだ。指の隙間から洩《も》れはじめた淡い光に背中を押される思いでミハイルはなおも一心に願い続けた。

――アユムの傍に行きたい。アユムに会いたい。

持てる力をかき集め、ミハイルはひたすら祈りを捧げる。

どれくらいそうしていただろう。

光が弱まった気配を察して顔を上げると、さっきとは真逆の景色が見えた。壁を向いていたはずなのに、今目の前にはガランとした室内が広がっている。

絵の中に入ることに成功したのだ。

いつもよりだいぶ視点が高い。おそらく肖像画の目を通して景色を見ているのだろう。好きに歩き回ることはできないけれど、これからのことを考えればその程度の不自由などなんでもなかった。

――これで、歩のもとに行ける……！

ミハイルは胸を躍らせながら油絵の具の匂いを心ゆくまで吸いこんだ。


未来への道が拓《ひら》けたと思った矢先の出来事だった。

数日後、来館者によって肖像画が傷つけられるという痛ましい事件が起こる。

肉体そのものが切り裂かれたわけではないので痛みなどはなかったが、明らかな敵意をもって刃物で切りつけられるという経験が衝撃であったことは確かだ。犯人はナイフをふり回したものの酩酊《めいてい》していたためか力が足らず、おかげで刃がキャンバスを貫通したり、表面の絵の具を著しく削り取られたりすることはなかった。

「離せ！　離せよ、ちくしょう！」

犯人の男は警備員に取り押さえられながら大声で喚《わめ》き散らしている。白昼堂々の犯行に場は騒然となり、来場者が三重、四重に取り囲んでは皆が成り行きを見守った。

「俺たち労働者が汗水垂らして働いた金を搾り取りやがって！　こっちはな、人員整理だなんだって死ぬ思いでやってんだぞ。それなのに嫁も子供も出ていって……俺がこんなに苦しんでるのに国がなにもしないってのはおかしいだろうが！」

罵詈雑言《ばりぞうごん》は留まるところを知らない。

「この国がこんなに貧しくなったのはなぜか？　こいつらだ。こいつら皇族が富と権力を独占して、俺たち国民を貧困にした。今のルーシェに貧富の差があるのは帝政のせいだ。こいつのせいだ！」

仕事を失い、家族にも捨てられ、やり場のない怒りをかつての皇帝に向けることで自らを正当化しようとしているのだろう。

だが、いかなる事情があろうとも、芸術作品を損壊させていい理由にはならない。抵抗しながら連行されていく男を見送りながら、ミハイルは暗澹《あんたん》たる思いに嘆息した。

自分が皇位を継いだ時には、すでにどうしようもないほど財政は逼迫《ひっぱく》していた。

とはいえ、先代を責めたところでどうしようもない。ピョートル二世の場合は度重なる戦争で軍事費用が嵩《かさ》んだことが原因だった。

そのためミハイルは徹底的な倹約に取り組むよう指示を出し、自らも率先して実行したものの、贅沢《ぜいたく》な暮らしにどっぷりと浸《つ》かった皇族や貴族たちが耳を貸すわけもなく、国庫は破綻《はたん》への一途を辿った。

そこに最後の一押しをしたのが妻アレクサンドラだ。

湯水のように国費を使い、贅沢と放蕩《ほうとう》の限りを尽くし、もはや立て直しできないほどの負債を国に背負わせた。

ミハイルの失脚後、皇太子の摂政となったことで独裁と金遣いの荒さに拍車がかかり、もはや誰も彼女に意見することができなくなった。アレクサンドラが亡くなり、アレクセイが皇帝として好き放題はじめる頃には国は疲弊しきっていた。

周辺国との問には度重なる争いが起こったが、ろくに軍事費も計上できないような有様のルーシェは国が蹂躙《じゅうりん》されるのを黙って指を咥えて見ているしかなかった。

国境線は何度も書き換えられ、そのたびに税金は重くなった。国民たちは疲弊しきり、多くのものが飢えと寒さで命を落とした。口に入れるほんの一欠片《ひとかけら》の食べものも、身体をあたためるための布も、薪《まき》も、なにひとつなかったからだ。当時の貧富の差が今なおこの国の現実として残されている。

それゆえに、犯人の言葉すべてが間違いというわけではない。だからこそ胸は痛んだ。

その時だ。

急に左の脇腹に違和感を覚えてギクッとなる。ナイフで絵の具が剝離《はくり》した辺りだ。あ、と思った時にはもう意識が遠くなりはじめた。

——なんだ、これは……。

腹部を手で押さえながらミハイルは眩暈《めまい》をやり過ごそうとする。憑依《ひょうい》元とも言える絵が破損したことで、その中に入りこんでいた自分にも影響が出たらしい。

急いで絵から抜け出そうとしたものの、それより早く意識は薄らぐ。

辛うじて右手を伸ばしたのを最後に、意識はそこでプツリと切れた。


「……嘘《うそ》、でしょう……？」

ルーシェ美術館から届いたメールを見るなり、歩は信じられない文面に絶句した。

いつものとおり、キュレーターのニコライから届いたものだ。そこには、借用を予定していたグラッキーの絵が来場者によってダメージを受けたとあった。

詳しく読んでいくうちに、それがミハイルの肖像画だと判明して息を呑む。

——どうしよう。ミハイル様の絵が……。

　自分がレナートとして生きていた頃、最初にミハイルと出会ったのはあの絵の前だった。深い孤独を内に秘め、それでも凛《りん》と立つ姿が印象的で、この人が皇帝陛下だったらどんなにいいだろうと思ったものだ。自分にとっても、そしてミハイルにとっても、思い入れのあるグラッキーの作品だった。

「大切なものだったのに……」

　それが悪意あるものの手によって傷つけられてしまったなんて。

　ただでさえ、ミハイルとは離れ離れになったきりだ。普通の人間同士だったらメールや電話で近況を伝え合うこともできるだろうに、不可視の彼とはそれもできない。だからせめて、肖像画の彼と日本で再会できることを心待ちにしていたのだった。

　メールには、コンサバターと呼ばれる絵画修復士が対応中である旨が添えられている。まずは状況を一報してくれたようだ。最後までメールを読み終えた歩は、眩暈をこらえながら席を立った。

　頭の中が真っ白でなにも手につかない。このままパソコンに向かっていても仕事にならないと判断し、気分転換に館内を歩き回ることにした。

　こんな時、職場が美術館というのはありがたい。

　建物自体に好きな場所がたくさんあるし、なにより一般の来館者が作り出す『余所《よそ》』の雰囲気がザワザワした気持ちを鎮めてくれる。そんな空気を味わうために、事務所のある三階の吹き抜けから一階ラウンジを見下ろした時だ。

「三倉」

後ろから声をかけられる。ふり返ると、相羽が近づいてくるのが見えた。

「今頃落ちこんでるんじゃないかと思って探したら、案の定だったな」

「すみません。ほんとうにショックで……。でも、相羽さんだってそうでしょう？」

「まぁ、グラッキー展の目玉のひとつだったしな。あれが欠けるとなると痛い」

展示の順番を検討し直さなければと続ける相羽に、歩は慌てて首をふる。

「待ってください。なにも、貸し出し中止と決まったわけじゃありません」

コンサバターが対応中と言われただけで、最終的にどうなるかはまだ決まっていない。

修復の結果、海外輸送と展示に耐えられると判断されれば予定どおり借りることができるし、直った後もコンディションの関係でしばらく動かしたくないと言われれば、そこは無理にお願いをすることはできない。すべては作品最優先だからだ。

つまり、まだ希望はある。ルーシェ美術館の決定を待ちたい。

だが、相羽はなぜか仄暗い笑みを浮かべた。

「ミハイルをおまえに会わせたくないっていう、俺の願いが通じたのかもな」

「……それ、どういう意味ですか」

「意味もなにも、そのままだ。今じゃ俺の恋敵だからさ」

アレクセイとして生きていた頃の記憶を取り戻したことで、相羽はふたりきりになるとためらいなく口説いてくるようになった。彼の気持ちに応《こた》えるつもりがない以上、距離を置かなくてはと思っているのだけれど、企画展に絡んだ仕事の話はこれまでどおりせざるを得ない。

今さらコンビ解消なんてできないし、歩本人としてもグラッキー展には並々ならぬ思い入れがある。絶対に成功させると誓ってルーシェから日本に帰ってきたのだ。

——それなのに、まさかこんなことになるなんて……。

溜めこんでいたもやもやが肖像画のことをきっかけにさらに大きく膨れ上がる。気持ちを落ち着かせたくてひとりになったのに、これでは神経を逆撫でされるばかりでとても冷静ではいられない。

歩は自分に活を入れるつもりで、まっすぐに相羽を見上げた。

「ぼくの使命は、グラッキー展を成功させることです。彼の絵の素晴らしさをひとりでも多くの日本の方々に届けることです」

日本から遙か遠くにある国、ルーシェ。芸術によって国と国との間に大きな橋をかけるような、そんな気持ちで取り組んでいる。そこに己のルーツがあるかどうかや、ましてや想い人の有無など関係ない。

「キュレーターとして満点の答えだ」

にっこりと微笑む相羽に、歩は表情を崩さず一礼した。

「それでは、仕事に戻ります。失礼します」

きっぱりと言いきって踵を返す。事務室に戻った歩は、さっきまでの動揺もどこへやら猛烈に仕事に打ちこみはじめた。

――こんなことで狼狽えてる場合じゃない。

相羽のちょっかいに心を波立たせてもしかたがない。肖像画のことは心配だけれど、それも信じて待つしかない。

ならば今は、自分ができることを愚直にやろう。論文だって書かなければいけないし、企画展の輸送や搬入に伴う契約、それに保険の手配もある。

歩はキーボードを叩きながら自分の世界に没頭していった。


思いきって腹を括《くく》ってからというもの、相羽のことは気にならなくなった。

気持ちを切り替えたおかげで変に引き摺られることがなくなり、仕事に集中できるようになったと思う。仕事の後や休日に誘われても「家で研究したいので」とスパッと断ることにしている。

ルーシェに行く前の自分だったら、憧れの先輩に呑みに行こうと誘われたらよろこんでご相伴に与《あずか》っただろうし、休日に美術館巡りをすると聞けばそれこそ尻尾《しっぽ》をふってついていったに違いない。事実、学ぶことも多かっただろう。

それを思うと元の彼に戻ってほしい気持ちはあったが、一度思い出してしまった過去を消すことができないのは経験としてよくわかった。

そんな歩の変化は、相羽にとって歓迎できないものだったようだ。

ふたりきりになるために資料室に閉じこめられたり、バックヤードに連れこまれそうになったこともある。幸い、どちらのケースも他の職員が偶然通りかかったことで大事には至らなかったものの、念のため館長の八重にはそれとなく相談させてもらった。

男が男につきまとわれているなんて、そう簡単に言えるものではない。

ただでさえ相手は多国語を操り、研究熱心で仕事もでき、その上女性たちからの視線を一身に集める相羽だ。そんな彼に追いかけ回されているなんて打ち明けたとしても自意識過剰だと思われたり、相羽に嫉妬《しっと》しているのではと穿《うが》った見方をされてもおかしくない。歩だって、相手が八重でなければ相談なんてできなかっただろう。

「……うーん。スイッチ入っちゃったわねぇ」

歩の話を聞いて開口一番、八重の呟きにギクッとなった。スイッチという言葉がなにを指しているのか不安になる。

心配そうな顔をする歩に、八重は安心させるように人懐っこく笑った。

「ごめんね、変なこと言って。……相羽くん、三倉くんが入ってきた時からずっとあなたのこと気に入っていてね。俺が面倒見ます、俺に任せてくださいって真っ先に私に言ってきたのよ。当時は企画展の大詰めで毎日てんてこ舞いだったくせにねぇ」

「はい。覚えてます」

展示の追いこみで、ほとんど泊まりこみのような日々が続いていた相羽につき合い残ろうとする歩を、彼は「寝れる時に寝とけ」と決して残業させなかった。そのくせ昼の間は自分の時間を割いてまで歩に仕事を一から教え、館内の案内から業者への紹介までマメに面倒を見てくれたのだ。

それを思うと、今の変わり様がほんとうに悲しくなる。憧れていた。尊敬していたのだ。人として、先輩として、そして同じ男性としても。

「相羽くんにとって、三倉くんは特別なのよね。自分が育てたって自負もあるでしょう。だから、あなたがどんどん成長して、独り立ちが近づいているのがわかるから焦っているのかもしれないわ。……でも、三倉くんにとってはちょっと困った話よね」

「相羽さんにはたくさんのご恩があります。だからぼくは、それを仕事でお返ししていけたらいいなって……」

「そう。それでいいのよ。企画展の準備、良くやってるって高石さんも褒めてたわ。私もそう思うし、見てる人はちゃんと見てる。だから、三倉くんは心配せずにお仕事バリバリ頑張ってちょうだい。相羽くんには私から言っておくから」

力瘤《ちからこぶ》を作ってみせた八重についつい噴き出してしまい、それを見た彼女も朗らかな声を立てて笑う。こんなふうにほっとしながら笑うなんて久しぶりだ。

そう言うと、八重は目を細めながら「よし。面談終わり！」と勢いよく立ち上がった。

会議室に入った時はどうなるだろうかと思ったけれど、こうして話を聞いてもらえて、受け止めてもらえて、「話して良かった」と実感する。なにより気持ちがすっきりしたし、今後成すべきこともきちんと見えた。

——頑張ろう。

そして八重の期待に応えるのだ。さり気なく見守ってくれている高石にも。こんなことにはなったけれど、ともにグラッキー展成功のために頑張っている相羽のためにも。

席に戻った歩はすぐさまパソコンに向かう。

気持ちが晴れ晴れとしたおかげか、その日はいつになく仕事が進んだ。数日悩んでいた文章がするりと出てきたり、これまで書いたところとの矛盾点が見えてきたりと、まさに良いこと尽くめだ。いつもこうだったらいいのにと苦笑する余裕まで生まれた。

キリのいいところで仕事を終え、残っている同僚たちに声をかけて退勤する。

「せっかくだし、甘いものでも買って帰ろうかな」

確か、コンビニで秋のスイーツフェアをやっていたはずだ。普段はそこまで興味がなくとも、疲れている時はたまに無性に食べたくなる。

カボチャとキャラメルのプリンにしようか。それとも巨峰の載ったゼリーにしようか。

そんなことを考えながらわくわくと外に出た時だ。

「わっ！」

突然、後ろから肩を抱かれる。無防備なところを襲われてすぐにはなにが起きたのかもわからなかった。

強引に引き寄せられた方を見れば、なんと相羽だ。

「おまえが出てくるのを待ってたんだ」

「な…、え？　相羽さん？」

「おまえはいつからそんなにお喋りになったんだ？　いけない子だな。八重さんに密告するなんて」

そう言って相羽が薄く笑う。形のいい唇がゆっくりと弧を描いて吊り上がっていくのを、歩は恐怖に戦《おのの》きながら間近に見上げた。

「なん、で……」

八重と面談したことを知っているのだろう。

その時、相羽は業者との打ち合わせでフロアにすらいなかった。面談も、八重の時間が空いていることを確認して、歩から「すみません、今ちょっと……」と声をかけたものだ。

職員の間で共有しているオンラインの予定表にすら入っていなかったのに。

「俺はなんでも知ってるよ。おまえのことなら、なんでもな」

相羽がさらに笑みを深くする。それでも笑わない目は、ビー玉のように月明かりを映すばかりだ。

「言っておくが、俺の外堀を埋めようとしても無意味だ。周りがどっちの言うことを聞くかはおまえだってわかるだろう？　抵抗しても無駄だよ、三倉。おまえは俺から逃げられない」

「……っ」

あたたかく湿ったものが首筋に押し当てられる。

それが相羽の唇だったと気づいた瞬間、嫌悪感がぞくぞくと全身を駆け抜けた。

「やめてください」

肩の手を押し返そうとしたものの、それ以上の強い力でさらにグイと引き寄せられる。

「来いよ。おまえにはまだまだ教えてやらなくちゃいけないことがたくさんある」

「やめてください。ぼくは帰ります」

「つれないこと言うなって。生まれる前から縁がある関係なんてそうそうないってわかるだろう？　俺たちは一心同体なんだ。運命なんだ。身も心もひとつになるべきだ」

「お断りします！」

大きな声を出したせいか、会社帰りのサラリーマンと思しき人たちが皆チラチラとこちらを見た。傍《はた》からは喧嘩《けんか》に見えるだろうか。止めに入るもの好きはいないだろうけれど、それでも人の目があるだけ心強かった。

「……へぇ。これまで押しに弱かったくせに」

相羽はさり気なく身体を離し、胡乱《うろん》な目でジロジロ眺め回してくる。

「おまえ、ルーシェに行ってから変わったよな。どんな心境の変化があったんだ？　ミハイルの肖像画を見て恋が再燃でもしたか？」

「相羽さんには関係ありません」

「はは。冷たいな。そういうのも悪くはないが、俺は従順な方が好きだよ。以前のおまえみたいなね」

伸びてきた手を払い除《の》けると、相羽の表情から笑みが消えた。

苛《いら》立《だ》ちを隠しもせず、ここが公道であることもお構いなしに強引に腰を引き寄せてくる。間近に迫られ、歩はとっさに逃げを打った。

無我夢中で走りながら抱えたトートバッグの重さを呪う。どうしてこんな日に限って資料が山ほど入っているんだろう。こんなことなら重たい本は全部置いてくるべきだった。

そんなことを後悔してももう遅い。

「待てよ！」

いくらも行かないうちに追いつかれ、狭いビルの間に引っ張りこまれる。シャツに手をかけられ、力いっぱい引き裂かれて、前ボタンが線香花火のように飛び散った。

「ヒッ……」

首筋を強く吸われ、身体をまさぐられて歩は恐怖で声も出せない。

――嫌だ。嫌だ。こんなのは嫌だ……！

無理やりキスされそうになり、渾身《こんしん》の力で身体を捻《ひね》った。

思うようにならない相手に苛立ちを募らせた相羽はますます乱暴になる。前触れもなく頬を平手打ちされ、パン！　という乾いた音が高い夜空に吸いこまれていった。

――違う。すべてを許すのはこの人じゃない。この人なんかじゃない……！

愛しい面影を思い浮かべた瞬間、胸の奥から熱いものがこみ上げた。

「ミハイル様！」

その名に、相羽がギクリとたじろぐ。

一瞬の隙を見逃すことなく無我夢中で腹を蹴《け》り上げ、相手が痛みに呻《うめ》いている隙に歩はその場を逃げ出した。

両手で前をかき合わせながら急いで地下鉄の階段を駆け下る。

途中、足を踏み外して盛大に階段を転げ落ちたが、それでも痛いと思う余裕もなかった。

息が切れていることにも気づかず走り続け、改札を潜《くぐ》り、行き先も確かめずにやってきた電車に飛び乗る。それでもドアが閉まるまでは不安で不安で、できるだけ先頭の車両へと移動した。

やっと動き出した地下鉄の最前列で背を丸め、そろそろと息を吐く。怖ろしい相手から遠ざかっていることを実感した途端、今さらのように恐怖が襲ってきた。

手がふるえて手摺りもうまく摑めない。

ボタンの千切れたシャツを纏《まと》い、ガタガタとふるえながら、歩はただひたすら夜の窓に映る自分を見つめ続けた。


「――――休職、ですか……？」

告げられた言葉をそっくりそのままくり返す。それほどに、すぐには受け止めきれない内容だった。

「まさか、このタイミングで相羽くんが抜けることになるなんて……」

丸いミーティングテーブルを挟んで八重は珍しく困り顔だ。彼女にとっても寝耳に水の話だったらしい。普段なら「なんとかなるわ。大丈夫よ！」と明るく笑い飛ばしてくれる八重でさえ、さすがにこの事態を前にすぐには言葉も出ないようだった。

なにせ、相羽の突然の休職だ。

最近、後輩に対する行動が怪しくなったとはいえ、その実力はお墨付きであり、自館にとってなくてはならない即戦力だ。八重をはじめ周囲も期待していただろう。

「すまない。迷惑かけて」

八重の隣で相羽が頭を下げる。

「あの、どうして……なにかあったんですか」

「親父《おやじ》が倒れてな」

聞けば、彼の実家の父親が倒れ、さらには難しい手術も必要になったとのことで、当面の間つきっきりで面倒を見なければならなくなったらしい。

母親とふたり暮らしでどちらも高齢な上、他に頼れる兄弟や親戚《しんせき》もなく、車がなければとても生活していけない田舎だそうで、病院との往復もひとり息子である相羽が担うことになったとのことだった。

事情が事情だけに引き留めるわけにもいかない。家族の一大事ならなおのこと。すぐに行ってやりたいという気持ちはよくわかる。

それでも、自分の双肩にこれまでにない重圧がのしかかってくるのを感じた。

相羽の休職期間は一年半――つまり、企画展の準備の大部分をひとりでやらなければならないということだ。

考えていたことが顔に出ていたのか、八重は「心配しないで」と首をふった。

「いくら三倉くんが頑張り屋さんでも、さすがにひとりで全部やれなんて言わないから。高石さんについていてもらいましょう。私も一緒に見るわ」

「館長まで！」

「あら。私がいたらなにか困ることでも？」

八重が悪戯っ子のように鼻の頭に皺を寄せて笑う。いつもどおりの明るい笑顔に、肩の力がふっと抜けた。

「心強いです。ありがとうございます」

「それじゃ、相羽くんは急いで手続き。三倉くんは仕事の進捗《しんちょく》状況をまとめて。引き継ぎの時間も充分は取れないだろうから、どうしても確認しておきたいことを箇条書きにしておいてちょうだいね。私は高石さんと相談します。では、一時解散」

パン！　と手を叩いてその場をまとめると、八重がお気に入りのヒールを鳴らしながら会議室を出ていく。いつもながらアグレッシブな人だ。

突然の事態をようやくのことで呑みこんで、歩はひとつ息を吐いた。

「お父さん、大変でしたね」

それを支える相羽も、これからは引っ越しや介護でてんてこ舞いの毎日だろう。

同情しながらそちらを見ると、なぜか彼はその場にそぐわない表情をしていた。

「おまえの困った顔、久しぶりに見たな」

「え？」

「俺にあんなことをした罰だぞ。悪い子にはお仕置きが必要だからな」

「……」

この人はなにを言っているんだろう。

信じられない思いで見上げる歩を、相羽は薄笑いを浮かべてひたりと見つめる。

「一年半、ひとりきりだ。今度は泣いても助けてやらないぞ？　俺の存在がどれだけ大きかったか、身をもって知るといいさ」

「――」

絶句した。そんな自分勝手な気持ちで休職を申し出たなんて。

とっさに立ち上がろうとした歩を、相羽が力尽くで押さえつける。

「親父が倒れたのはほんとうだ。ふたりとも年寄りなのも、俺が遅くにできたひとりっ子なのも、近くに親戚がいないことともな。まぁ、おまえの躾《しつけ》にはいいタイミングだったか」

「あなたは……あなたっていう人は……」

自分の小さなプライドを満たすために大切な仕事を放り出し、恋人でもなんでもないただの後輩を躾という名で困らせる。もはや我儘などというレベルではない。自分がすべて、他人の意思や自由などお構いなしだ。

――そんな人を、ぼくは知ってる。

権力をほしいままにした皇后の息子、アレクセイ。

父を追い落とし、皇帝の座を奪い、人を人とも思わぬ悪政で名を馳せた天下の暗君だ。

彼の所業は資料で読んだことしかなかったが、まさかこうして巡り巡って実感させられることになるとは思わなかった。

二百年の時を経て、この人はまだ自分たちを苦しめるというのか。ミハイルを追い詰め、レナートを追い詰め、そして歩までも追い詰めて、高みの見物とばかりに嗤《わら》っていられれば満足なのか。

――冗談じゃない…………！

自分の中に信じられないほどの怒りが湧いた。

今こそ仇《かたき》を討つ時だ。ネフの川べりで冷たい刃《やいば》に倒れたレナートの仇。革命で皇位を追われたミハイルの仇。そして今、理不尽な仕打ちに耐えざるを得ない自分の仇。

憧れの先輩に逆らうなんてこれまで考えたこともなかった。

けれど、今ならはっきり言える。彼はアレクセイだ。尊敬する人ではない。裏切者だ。

「……わかりました」

歩はすべてを呑みこんで立ち上がる。

「これからは、ぼくがメイン担当としてグラッキー展を動かします。これはもうあなたの企画展じゃない。ぼくのグラッキー展です。絶対に、成功させてみせます」

啖呵《たんか》を切ると、返事も待たずに部屋を飛び出す。喋っている間にもどんどん怒りがこみ上げてきて頭が沸騰しそうだった。

絶対に成功させてやる。そのためならなんだってする。もうこれ以上、余計なことに惑わされている時間はないのだ。すべてはルーシェ美術の素晴らしさを広めるため、そしてミハイルと自分のために。

この日を境に、歩は人が変わったようになった。

もともとのめりこむと周りが見えなくなる質《たち》ではあったが、その比ではないほど仕事に没頭するようになった。今のこの状況を脳が緊急事態と捉《とら》えたためか、集中力のみならず記憶力まで活性化したのはうれしい誤算だった。

目の前のことに夢中になるあまり会議に遅刻しそうになったり、丸一日なにも食べないまま夜になってしまったなんてこともあったが、それでもなんとかなったのは周囲のおかげだ。「ほらほら、三倉くん。行くよ」なんて高石に急《せ》かされたり、「三倉くん。まずはご飯を食べなさい」と八重に笑われたりしては、慌ててパソコンから顔を上げたものだ。

今も、ふたりは全力でサポートしてくれている。

相羽の休職を受けて、高石はそれまで抱えていた仕事との二足の草鞋《わらじ》になってしまい、さすがに申し訳なかったものの、「三年目の子にひとりで背負えっていう方が酷でしょう」と進んで手を貸してくれた。

一緒に見ると宣言したとおり、館長の八重もその敏腕を発揮してガシガシと対外交渉を進めてくれている。

それでも、やはり仕事は多忙を極めた。

海外からの搬入出の段取りともなると、すぐにでも決めなければならないタイミングだ。どんな日程で梱包《こんぽう》し、どんなトラックで空港まで運ぶのか。ルーシェ美術館からは誰が作品に同行するのか。それらの諸手続きに加え、人数分のエアチケットも手配しなければならない。

日本に着いたら着いたで、自館に迎えるまでにもクリアしなければならないことがいくつかある。その最たるものが税関手続き後のコンテナ待機だ。

作品を現地の温湿度に慣らす目的で、コンテナごと空港に一昼夜預けなくてはならないと決まっている。そのための申請や手順書の作成、その間の同行者たちのホテルの手配、翌日の搬入方法や状態確認の段取りなど、決めることや調整先が山のようにあり、リストアップしたものを見ただけで眩暈がした。

これらの内容を、絵画の保存担当者や八重たちと相談しながらまとめ、相手方との合意を取りつけて実際に動かしていくのだ。その合間を縫って企画展のための論文を書いたり、図録の打ち合わせをしたり、企画展のメインビジュアルや広報策について定期的に検討も行う。

寝ても覚めてもグラッキー展のことしか考えられなくなった。

人生でこんなにも夢中になったのははじめてだ。無事に幕が上がった初日の様子を思い浮かべ、よろこびに向かってひたすら走り続けているような、息は苦しくとも無我夢中の日々だった。

周囲は歩の体調を心配し、手伝いを申し出てくれるものもあったが、歩は感謝とともにそれを辞した。すでに八重や高石の手は借りている。それに、自分でやらなければ意味がないのだ。意地を張っているわけではない。これは仇討ちであり、人生の証明だからだ。

かくして帰宅時間はどんどんと遅くなり、十時が十一時に、十一時が十二時に、そして終いには終電を逃して事務所に泊まりこむようになった。

寝袋を持ちこんでいるのは、通称『お籠《こ》もり部屋』と呼ばれる専用の部屋だ。

開催が近づいた企画展担当者だけに与えられるもので、作業はもちろん、打ち合わせも行うことができるため、会議室の予約など細々とした雑用からも解放される。部屋を持つことは、企画展のメイン担当を任されたものだけに与えられるステイタスでもあった。

案の定、八重には「帰って寝なさい」と叱《しか》られたりもしたけれど、それでも目を盗んで歩は仕事に没頭し続けた。

そのうち今日が何日かわからなくなり、何曜日かも判然としなくなった。いつの間にか四季の感覚さえなくなり、自分の周囲の時間だけがどんどんと通り過ぎていく――――。

構わないでいるうちに、二年が過ぎようとしていた。

ガラスのカーテンウォールから差しこむ陽の光が肌を焼く。

「あ……」

その熱を感じてはじめて、ミハイルと会った季節がまた巡ってきたのだと気がついた。

彼と離れて間もなく二年。そして、企画展の初日まで残り一月半に迫っていた。

「もうすぐですよ。ミハイル様」

もう一度作品と対峙《たいじ》するまで。あの時の感動が甦るまで。

二年前の日々に思いを馳せながら、歩はガラス越しに見える眩《まばゆ》い緑に目を細めた。

この二年間、がむしゃらに取り組んできた。すでに体力は限界に近く、今や気力だけで立っているような状態だ。すべてが終わったら倒れるかもしれないけれど、グラッキーの作品を迎えられたら本望だとその一念だけで頑張ってきた。

だからどうか愛しい人よ、遠くから見守っていてほしい。一緒に夢を叶えてほしい。

これが、自分にとって最後の仕事になるだろうから。だから少しの後悔もないように、心をこめて、思いをこめて、そのすべてに向き合わなければ。

歩は大きく深呼吸をすると、自館の吹き抜けを仰ぎ見る。

一月半後、誇らしげに掲げられるであろうウォールバナーを想像しながら、再び仕事へと踵を返した。

＊

コンテナの蓋《ふた》が開くガタガタという音でミハイルはハッと我に返った。

どうやら開封されるらしい。

生まれてはじめてのフライトを終え、やっと日本に着いたと思ったまでは良かったが、その後箱の中で丸一日放置され、いったいいつ歩のもとに行けるのかとずいぶんヤキモキさせられたものだ。

――美術品の運搬というのは大変な手間がかかるのだな。

そんなことをしみじみと考えながら取り出されるのをじっと待つ。絵の中に入るなどという特殊な体験をしなければ決して知り得なかったことだ。

二年前、心ない来場者によって傷つけられたミハイルの肖像画は、絵画修復士によってきれいに修復され、無事元どおりになった。

海外への貸し出しや展示も問題ないだろうとの判断が下され、貸し出しにゴーサインが出た時は心底ほっとしたものだ。

――アユムはどうしているだろう。

元気にしているだろうか。楽しくやっているだろうか。早く会いたいと期待に胸をふくらませていたミハイルだったが、絵の覆いが外されるなり、その姿を見て愕然とした。

そこにいたのは、二年前とはまるで変わってしまった歩だった。

――アユム……！

頬は痩《こ》け、目も虚《うつ》ろで光がない。時々眩暈がするらしく、立っているだけでもふらふらとして、気力をふり絞っているのが一目でわかった。体力などとっくの昔に限界を超えているのだろう。それでも企画展の担当として、業者に次々指示を出すなど気丈にふるまう姿に胸が締めつけられる思いだった。

――なんと……、なんということだ……。

今すぐ駆け寄って抱き締めたい。一刻も早く休ませてやりたい。それなのに、絵の中の自分には為《な》す術《すべ》などひとつもない。

悔しさに歯噛みしながら様子を窺《うかが》っていると、歩にちょっかいを出しては困らせている輩《やから》がいることに気がついた。すらりと背の高い日本人だ。

「俺がいなくても完璧《かんぺき》にやれたな。偉い偉い。三倉は良い子だ」

「相羽さん。今大切な仕事中なんです」

「ご褒美はなにがいい？　おまえの言うことならなんでも聞いてやるぞ？」

「結構です。それより出ていっていただけますか。作業の邪魔になるので」

「そんな冷たいこと言うなよ。せっかく休職明けて戻ってきたっていうのにさ」

歩の眉間に不快を表す皺が寄る。それでも彼はなにかをこらえるように唇を引き結ぶと、気持ちの昂ぶりなどなかったように再び作業員に指示を出しはじめた。

そんな歩を、男性は意味ありげな顔で見つめている。その自己中心的な笑い方になぜか覚えのあるものを感じ、ミハイルはハッと息を呑んだ。

――まさか。

信じられない。信じたくもない。よもや、こんなところで再会するなど。

――アレクセイ、なのか………。

愕然とした。

それと同時に、胸の中にどす黒いものが広がっていく。皇后の傀儡として自分を追い落とした張本人のことは、どれだけ年月が経とうとも一目でわかってしまうものなのだ。己の中に眠る深い悔恨をも突きつけられる形になり、ミハイルは苦悶しながらもふたりの様子をじっと見つめた。

搬入された絵のコンディションチェックが終わるなり、歩は作業員たちとともに作品を展示レイアウトどおりに並べたり、照明の角度を調整したり、少し下がって全体の印象を確認したりとにかく忙しそうだ。

そんな歩に対して、アレクセイは用もないのに話しかけたり、嘲笑《ちょうしょう》したり、かと思うと通路を塞いで作業の邪魔をしたりとやりたい放題だ。しばらくはそれを回避しつつ仕事を続けていた歩だったが、やがてどうにもならないと悟ったのか、剣呑《けんのん》な声でアレクセイを追い払うようになった。

それでも彼は邪魔をやめない。それどころか、いっそう調子に乗って歩の気を引こうとする。それを見て皇帝時代のことが脳裏を過《よ》ぎった。

自分が優位に立っていることを実感したいがために、夫の大切なものを奪っては次々と壊すことによろこびを見出していた妻アレクサンドラ。

そんな母を見て育った息子は、同じように父親の大事なものを片っ端から自分のものにしたがった。彼がレナートを遊び道具にしようとしていることには薄々気づいていた。それもあってレナートを修道院に避難させようと思ったのだ。

まさに今、同じことがくり返されようとしている。

ふたりの様子を見ていればわかる。歩があんなに窶《やつ》れたのも、余裕のない顔をするほど追い詰められているのも、すべてアレクセイが原因だ。聞くに堪えない言葉で嘲《あざけ》り、酷使してきたあの男のせいだ。自分の与り知らぬところで、二百年経った今でも同じ悪夢がくり返されようとしているなんて。

——くそっ……！

怒りで腸《はらわた》が煮えくり返りそうだ。今すぐ絵を飛び出していって殴ってやりたい。

それでもミハイルは恐るべき精神力で己を抑え、もっと効果的な復讐方法について頭を巡らせた。

ただやりこめるなど手ぬるい。一度ならずも二度までも自分の大切なものを苦しめた罰として鉄槌を下さずにはおくものか。

ミハイルはできる限り心を鎮め、不思議な力を呼び覚ますと、アレクセイの過去を繙《ひもと》きはじめた。

彼が今現在なんという名前で、どこで生まれ、どんなふうに育ち、そしてどこに住んでいるのか。働いている場所や所属、勤務態度、そして最近の行動までを悉《つぶさ》に透視したミハイルは、そこに大きな綻《ほころ》びを見つけて顔を歪めた。

――――これ、は………。

浮かび上がった情報のあまりの酷《ひど》さに目を覆いたくなる。アレクセイ、もとい相羽志郎という男は、歩を自分のものにするために常軌を逸した行動を取り続けていた。

歩の個人情報を手に入れるため、厳重に管理されているはずの職員名簿にアクセスして情報を抜き出したり、仕事中は疎《おろ》か、休日でさえも行動を監視していたのだ。

どんな手を使えばそんなことが可能になるのか、現代の技術に昏《くら》い自分には想像もつかないが、少なくとも歩がこの男に四六時中見張られていたということは確かだ。しばらく休職していたようだが、その間もアレクセイは情報を手元に取り寄せ、逐次それを眺めていたらしい。そしてその休職ですら歩に拒絶された腹癒《はらい》せであることはお見通しだった。

――もはや情状酌量の余地もない。

沸々と湧き上がる怒りにふるえながらミハイルは目を閉じた。アレクセイの所業が露見することを強く願う。あとは、この常軌を逸した行動を歩の上位職や関係者がおかしいと思うことに賭《か》けるしかない。

どうか歩の心が守られるように。彼の努力が報われるように。

そう祈らずにはいられなかった。

明日の開催を待つばかりとなった夜の展示室に歩が入ってくる。

とうに閉館時間を過ぎ、来館者はすでにいない。展示状態の見回りなのだろう。

一点一点、確かめるように覗きこんだかと思えば、遠く離れてまた眺める。もう何度も目にした作品だろうに、まるで毎日新鮮な驚きや感動があるとばかりに、歩は飽きもせずそうしてひとつひとつを確かめて回った。

まるで、ルーシェ美術館のあの小さな展示室で彼を待ち侘《わ》びていた頃のようだ。歩の気配だけはわかるのだ。軽やかな靴音に合わせて自分の心まで弾んでくるのがわかる。

感慨深さにしみじみとしていると、ついに歩が絵の前に立った。

彼の目がまっすぐにこちらを見上げてくる。

思えば、レナートと出会った時も彼はこうして肖像画を眺めていたっけ。歩と再会した時は、彼は時代にそぐわないこの格好にむしろ興味津々といった面持ちだった。どれも懐かしい、そして大切な思い出だ。

歩もまた様々なことが胸に去来しているのだろう。わずかに目が潤んだと思った瞬間、彼は感極まったようにくしゃりと顔を歪ませた。

「ミハイル様………」

よろこびにふるえる声をこんなにもうれしいと思ったことはない。彼もまた自分を待っていてくれたのだと痛いほどに伝わってきた。

『アユム』

「……え？」

『アユム。私の声が聞こえるか』

「え？　ミハイル様…、ミハイル様？」

歩が驚いた顔で辺りを見回す。確かに、絵の中に隠れているとは思うまい。

『私はおまえの目の前にいる。おまえの見ている絵の中に』

「絵？　絵の中ですか？　ほんとうに？　でも、声が……」

『おまえの心に話しかけている。私の声そのものは耳からは聞こえないはずだ』

「そ…、そうなんですね。そんなことができるんだ……すごい……」

目を丸くしながらも理解はしてくれたようで、何度も「すごい」をくり返している。

しばらくしてようやく昂奮《こうふん》が治まると、彼は「あっ」と声を上げた。

「絵が傷つけられと聞きました。ミハイル様は大丈夫でしたか。まさか、絵の中に入ってからのことだったんじゃ……」

『あぁ。そのまさかだ。中に入った翌日にな』

「そんな……」

『安心しろ、私の身に危害が及ぶことはなかった。絵の傷も修復士がうまく直してくれた。そのおかげでまたこうしておまえに会えたな』

そう言うと、歩は「良かった……」と安堵《あんど》のため息をつきながら胸を撫で下ろした。

「日本に帰っても、ずっとミハイル様のことばかり考えていました。でも、絶対にグラッキー展を成功させるって約束したから、ちゃんと初日を迎えられるように寂しくても頑張らなくちゃって……。大変なこともたくさんありましたし、責任の重さに逃げ出したくなったことも正直ありました。でも、逃げなくてほんとうに良かった。この素晴らしい絵を迎えることができましたし、なにより、ミハイル様にまたお会いできたんですから」

『アユム……』

泣き笑いの表情に胸が締めつけられるように痛くなる。

話してくれたことの何倍、いや何十倍の苦労があったことだろう。

『よく、頑張ったな』

「ミハイル様……」

『よく頑張った。おまえはほんとうによくやった。素晴らしい仕事だ。ありがとう』

「……ぅ、……っ」

歩が両手で顔を覆う。今日まで長らくひとりで堪えてきたのだろう。感情が爆発するように泣きじゃくる彼を前にしながら、ただ見ていることしかできないなんて。

『今すぐおまえを抱き締められたらいいのに』

「ぼくも、同じ気持ちです。でも…、今でも充分うれしいです」

手の甲で涙を拭いながら歩がふわりと微笑む。

「いつか日本に来てくださいって言ったことがありましたよね。それがこんなふうに叶うなんて……ミハイル様にもグラッキー展を見てほしかったので、最高の形で夢を叶えてもらいました」

『あまりかわいいことを言うな。私の理性が崩壊する』

「もう。なに言ってるんですか。そんなことを言うミハイル様の方こそかわいいですよ」

『なに』

かわいいなどと、生まれてこのかた言われたことがない。皇帝たるもの雄々しくあれと言われ続けて育ったためだ。

絵の表情は動かずとも、声の調子から感情は伝わるものなのだろう。歩がおかしそうにくすくすと笑う。さっきまで泣いていたのにもう笑う彼の屈託のなさに当てられて、自分までも笑ってしまった。

『おまえといると、新しい自分に出会ってばかりだ』

「ぼくも、ミハイル様といると違う自分に出会えます。それはすごくしあわせなことだと思うんです」

そう言いながら歩は花が咲いたように笑う。その場がパッと明るくなるような清々《すがすが》しい笑顔だ。それを間近にするうちに心の中が晴れ渡っていくのを感じた。

『私がなぜおまえに惹かれ続けるのかよくわかった。おまえは私の希望、そのものだ』

「ミハイル様」

『愛している。アユム』

これまで数えきれないほど伝えてきた言葉だが、今はさらに想いがこもる。

けれど、歩はなぜか泣き出しそうに顔を歪めた。

『どうかしたのか』

「ごめんなさい。ミハイル様の声を聞いているうちに、ほっとしちゃって……」

聞けば、つい先ほどアレクセイの処分が決まったのだと言う。それを真っ先に耳にしたせいで動揺が残っていたのだと歩は続けた。

「実は、グラッキー展のメイン担当で、相羽さんという方がいたんですが……」

『アレクセイのことだな。搬入作業の際におまえを邪魔していた男だろう？』

「……！　ご存知だったんですね」

「見たくなくとも目に入ってな」

憮然《ぶぜん》として告げると、歩がわずかに眉根を下げる。

「相羽さんは、ぼくがここに来た時に一から仕事を教えてくれた人でした。仕事ができて、それなのに偉ぶったところがなくて、とても尊敬していたんです。あんな先輩になりたいなって……。でも、アレクセイの記憶を取り戻してからおかしくなってしまって……」

夕方、上司である八重に呼び出された歩は、そこで衝撃的なことを聞かされたそうだ。

「相羽さんが、ずっとぼくの行動を監視していたそうです。彼のスマートフォンにぼくの行動記録が転送されるようになっていたって……資料室で借りた本も、作家さんや課外の人に相談した内容も全部筒抜けだったって……。ぞっとしました」

そこまで話して耐えきれなくなったのか、歩が両手で顔を覆った。

『無理に話さなくていい。おまえが心の中で思うだけで私には伝わる』

「それなら……」

歩は下を向いたまま、ゆっくりと伝え続ける。

アレクセイの所業を聞いて驚くと同時に、思い当たることが多々ある事実に歩は愕然としたそうだ。アレクセイが声をかけてくるのは決まって絶妙なタイミングだった。

仕事で困ったことがあった時、相談を持ちかける前にそのものズバリを言い当てられて、なんて勘の鋭い人なのだろうと驚いたという。ひとけのない資料室で偶然会うのはいつも相羽だったし、仕事の打ち上げで遅くなった時も、彼は呑みすぎた歩の代わりに教えた覚えのない自宅まで連れて帰ってくれたそうだ。

「どうしてそんなことができたのか、もっと注意深く考えてみるべきでした。そうしたら早く気づけたのに……」

『憧れの存在だったのだろう、無理もない。それより今は、裏切られた苦しさで頭がいっぱいになっているだろう。こんなことを言ってもなんの慰めにもならないが、その辛さだけは誰よりもわかるつもりだ』

「ミハイル様……」

歩が小さく首をふる。

「ぼくなんかに比べたら、ミハイル様の方がよほどお辛かったはずです。それなのに、そんなふうに言ってくださるんですね」

『たとえ度合いは違っても、辛いことに変わりはない。自分の感情を過小評価してはならないぞ。そして、おまえはもっと怒らなくては』

そのために悪者の所業が明るみに出るよう取り計らったのだから。

そう言うと、歩はまたも目を瞠った。

「ミハイル様のお力だったんですか！　そっか……だからあんなに早く……」

『私はあくまできっかけを作ったに過ぎない。社会的信用が失墜するようなことをしたのはアレクセイ自身だ。それを受けて、いち早くおまえを守ってくれた上位職は心の正しい人間なのだな。私からも礼を言いたい』

「ルーシェの元皇帝からお礼なんて言われたら、さすがの八重さんも卒倒しますよ」

歩が肩を揺らしながらくすくすと笑う。

東京ナショナル美術館を束ねる館長の八重や、ベテランキュレーターの高石など、良い人間に囲まれて仕事をしていると聞いてほっとした。

『おまえが働く環境まで知ることができた。思いきって訪ねてきて正解だったな』

「ありがとうございます。来てくださったことも、相羽さんのことも」

『久しぶりにアユムの役に立てた』

ルーシェ美術館でアートガイドを務めて以来だ。

そう言うと、歩は懐かしそうに、けれど寂しそうに顔を歪めた。

「とてもしあわせな時間でした。今もルーシェ美術館で過ごした時のことを夢に見ます。

あなたに会いたくて……でも会えなくて……だから、そんな気持ちを慰めるためにぼくは仕事に没頭していたのかもしれません」

『アユム』

「あなたに会いたい。ミハイル様」

『……っ』

まっすぐに告げられて、ミハイルはハッと息を呑んだ。自分も痛いほどそう思っていたところだったからだ。

なんと言うべきかためらうミハイルに、歩は「ごめんなさい」と眉根を下げる。

「こうして来てくださっただけでも充分なのに、ぼくは我儘ですね」

『我儘なものか。私とて同じ思いだ。……だが、どうか許してくれ。今の私には絵の外に出ることは叶わないのだ』

「わかっています。あなたがどれだけのリスクを冒して来てくださったのかも」

そう言いながら歩は精いっぱいの顔で笑った。

この腕に抱き締められないことをこんなにもどかしいと思ったことはない。運命の再会を果たしてなお、宮殿の外では自分たちはこんなにも不自由だ。

それでも、できないことを数えるよりも、できることをわかち合いたい。

『おまえがまたルーシェ美術館に来てくれたら、その時はよろこんで迎えよう。私たちはいつでも会える。私はいつまででも待っている』

歩の人生が終わらない限り、希望を捨てずに待っている。なぜなら歩こそが自分の光、希望そのものだからだ。

そう言うと、歩の顔が変わった。先ほどまでとは打って変わり、その表情は真剣で怖いくらいだ。

「次はぼくの番ですね」

『アユム？』

「絵の中に入るなんて危険を冒してまでこうして日本に来てくださった。そんなミハイル様の覚悟に、今度はぼくが応える番です」

歩はなにかを考えるようにじっと一点を見つめている。ミハイルがいくら「無理をしなくていいんだぞ」と言い含めても聞き入れるつもりはないようで、彼は仕事も忘れて長いことその場に立ち尽くした。

やがて巡回の警備員がやってくる。

展示室を閉めると促されるまで動こうとしない歩を、ミハイルは静かに見守るばかりだった。

三階まである巨大な吹き抜けのその真下で、歩は誇らしげにバナーを見上げた。

いつか企画展をやった暁には、壁一面に大きなウォールバナーを掲げたい——そんな夢はグラッキー展という形で実現し、二ヶ月間に亙《わた》る会期中、毎日のように歩の心を奮い立たせてくれた。

今日のこの日に至るまでの、そのすべてが夢の中の出来事だったように思える。

それほどに鮮烈で、無我夢中で、気づけば一気に駆け抜けていた。

準備期間中から波瀾万丈《はらんばんじょう》だったグラッキー展は、担当の交代や借用予定作品の破損など様々な試練に見舞われながらも、周囲の協力によってそれを乗り越え、大好評のうちにすべての期間を終了した。

明日にはあのバナーの撤去作業が行われる。

五年間の集大成とも言える企画展を終え、今はただただ深い達成感しかない。こうして無事にやり遂げることができたのも、八重や高石をはじめ、励まし支えてくれた仲間がいたからだ。もちろん、会期中ずっと傍にいてくれたミハイルのおかげでもある。

「楽しかったなぁ」

しみじみとそんな言葉が口から出た。

準備中は一難去ってまた一難とトラブルばかりが続いて、ほんとうにやりきれるのかと不安になったし、考えれば考えるほど心配で夜眠れなくなることばかりだった。

けれど、それも今となってはいい思い出だ。がむしゃらに突き進んできたからこそ、やり遂げたという誇らしさが胸に残る。

立ち尽くす歩の傍を、来館者の老夫婦が通り抜けていく。デートのように手をつなぎ、展覧会のチケットを眺めながらうれしそうににこにこと笑っている。

またひとり、小さな子供が歩を追い抜いた。その後ろから母親らしき女性が笑いながら追いかけている。車椅子を押しているのは彼女の夫だろうか。高齢の母親に話しかけながら静かに行き過ぎていった。

彼らにとって、美術館は日常から一歩出たところにある楽しみの空間だ。作品を見ることによって自分自身とも向き合ってもらうために、新しい自分に出会ってもらえるように、これまで五年間勤めてきた。普段は決して表に出ることのないキュレーターという仕事を通して、文化事業に関《かか》わることができたことを誇りに思う。

歩は館内をぐるりと見回し、大好きな空間に目を細めた。

「お世話になりました。ありがとうございました」

歩は明日、東京ナショナル美術館を退職する。

けれどこれは終わりではない。新しい人生のはじまりなのだ。

企画展を通してあらためてルーシェ美術の素晴らしさに触れた。それをひとりでも多くの日本人に知ってほしいとの思いで励むうちに、すっかり魅入られてしまったのだ。より深くルーシェを学びたいという思いは日を追うごとに募るようになり、向こうに移住して研究を続ける道を選んだ。

なにより、ルーシェにはミハイルがいる。

彼と離れて、己の半身が引き裂かれるような辛さを嫌というほど味わった。だからもうあんな思いはしたくない。後悔しながら生きたくないのだ。

大好きな職を辞すことに迷いがなかったと言ったら嘘になる。それでも、自然の摂理さえねじ曲げて再会のためにすべてを懸けたミハイルに、自分もまた本気で応えたいと強く思った。

退職の意向を伝えた歩に、八重や同僚たちは理解を示してくれた。

即戦力として育ちつつあった歩を失うことは彼らにとって辛いことではある。けれど、タッグを組んでいた相手からストーカー紛いのことをされ、さらには途中からメイン担当を任されてと、歩が大変な思いをしてきたこともまた彼らはよく知っていた。

なにより、歩のルーシェ美術に対する情熱は論文から、展示キャプションから、そして日頃の会話から大いに伝わっていたらしい。「ルーシェに移住したいんです！」と言うと、誰もが「いつか言い出すと思ったよ」と異口同音に笑った。

館内をぐるりと回って気持ちの整理をすると、歩は最後に八重のところへ行く。同僚たちへの挨拶《あいさつ》や引き継ぎはすでに済ませてある。八重が会議で会えなかったため、あらためて時間を作ってもらったのだ。

事務室の一番奥にある彼女のデスクに赴くと、八重は立ち上がり、ミモザの花のような明るい笑顔で迎えてくれた。

「お疲れさま。引っ越し準備は終わった?」

「はい、おかげさまで。書類の手続きも終わりましたし、あとは明日発《た》つだけです」

「そう。あっという間だったわねぇ」

八重がしみじみと目を細める。笑う時、思いをこめる時、目が糸のように細くなるのがやさしい彼女らしくて好きだった。

「企画展ではほんとうにありがとうございました。無事に開催できたのも八重さんのおかげです」

「なんの、私は横から口出ししただけでしょ。三倉くんが頑張ったからよ。よく頑張った。よくやりきったわね」

「八重さん……」

やさしい言葉がじんと沁《し》みる。この人の下で働けたのはとてもしあわせなことだったと心の底から思った。

鼻の奥がツンと痛くなり、熱いものがこみ上げてくる。泣いてはいけないと慌てて洟《はな》を啜《すす》る歩に、八重は息子を見るような目で何度も何度も頷いた。

深呼吸をして息を整え、あらためて深く頭を下げる。

「五年間、ほんとうにお世話になりました」

「はい。いっぱいお世話しました」

八重は悪戯っ子のように鼻の頭に皺を寄せて笑うと、右手を差し出してきた。

「元気でね。ちゃんと食べて、ちゃんと寝て、いいものいっぱい見なさい。三倉くんなら向こうでもきっといい研究ができる。成果を楽しみにしてるわよ」

「はい！」

大きな返事とともに強く手を握り返す。この気持ちに応えたい。ここで育ててもらった人間として、これからも自分なりに頑張っていくのだ。

熱い思いを胸に、歩は東京ナショナル美術館を後にする。

その目には眩い未来が映っていた。


ザブロニク空港に降り立つなり、歩は懐かしい空気に目を細めた。

二年前も、ここでこうしてルーシェに来たことを嚙み締めたっけ。あの時は現地視察のつもりだったのに、移住することになるのだから人生というのは不思議なものだ。記憶をなぞるようにひとつひとつを確かめながら歩は胸を高鳴らせた。

今回の旅は、返却する作品の同行業務も兼ねている。

海外作品を借用しての展覧会の場合、会期が終了したらそれで終わりではない。梱包し、航空輸送した作品を現地美術館のスタッフたちに直接受け渡すところまでが業務となる。そのため、山のようなコンテナと、職場のコンサバターたちも一緒だ。

最後に同僚たちとにぎやかな旅を楽しむことができたのは、ほんとうにありがたいことだった。ルーシェ美術館、そして東京ナショナル美術館、双方の関係者のおかげだ。

空港でのコンテナ待機を経て、迎えに来てくれたトラックに荷物を積みこむと、自分たちも同乗して目的地であるルーシェ美術館に向かう。

空港を出て二十分も走ると、あの時と同じように車は旧市街に入った。

コンクリートの街並みは歴史の重みを感じさせる大聖堂や教会に変わり、見るものを遥か昔へと連れていく。運河を渡り、角を曲がると同時に、目の前には雄大なネフの流れが現れた。

ルーシェに富と文化をもたらした、母なる大河。

そしてそれを従えるようにして美しいエメラルドグリーンの孔雀宮が聳《そび》え立っている。

――帰ってきた……。

胸の奥から熱いものがこみ上げた。

帰ってきた。魂の故郷ルーシェに。大切な人が住むところに。この国を去る日の朝、あんなにも強く目に焼きつけた景色が今再び目前にある。目に映るなにもかもが愛おしくてたまらなかった。

歩たちを乗せたトラックがいよいよルーシェ美術館の搬入口に到着する。

「こんにちは！　東京ナショナル美術館の三倉です」

「やぁ、遠いところをお疲れさま。久しぶりだね、ミクラさん」

出迎えてくれた現地スタッフに手をふると、彼らもまた人懐っこい笑みを浮かべながらトラックまで駆け寄ってきてくれた。

なにせ、二年前は毎日ここに通った歩だ。朝となく夜となく顔を合わせ続けたおかげでこちらのスタッフたちとはすっかり顔見知りになっている。

特に窓口を担当してくれたニコライは、相羽がいなくなった後の歩を気遣い、個人的なメールもくれるなどずいぶん良くしてもらった。おかげで移住先を相談したり、現地での暮らしについてアドバイスももらうことができた。

そのニコライが、歩を見つけてうれしそうに手を挙げる。

「展覧会お疲れさまでした。盛況だったそうで、なによりです」

「はい。おかげさまで、たくさんの日本の方々にルーシェ美術の素晴らしさを知っていただくことができました。グラツキー作品はこれからますます注目されるようになりますよ。楽しみですね」

二言目にはいつも「ルーシェ」「グラツキー」と口にしていた歩だ。あいかわらずの癖が出たとニコライがおかしそうに肩を揺らす。

「これからまた、毎日ここに通われるんでしょう？」

「えぇ、毎日。朝から晩まで通い詰めます」

「こんなにルーシェ美術を愛してくれて、僕らとしても誇らしいです」

スタッフのひとりが「どういう意味だ？」とニコライに訊ねる。

ニコライが「彼はルーシェ美術の虜《とりこ》になって、キュレーターを辞めて移住したんだ」と説明するなり、スタッフからはいっせいに響《どよ》めきが上がった。盛大な拍手がそれに続く。

「それじゃ、ここから先はバトンタッチですね。どうぞゆっくりしていってください」

「はい。よろしくお願いします」

歩の一礼を受け、ニコライがスタッフに指示を出しはじめる。

これで受け渡しは終了だ。輸送中のダメージ有無についてはルーシェ側の確認になる。作品が運び入れられていくのを見届けて、歩たちの仕事は無事完了となった。

「お疲れさまでした。ありがとうございました」

「三倉さんも。お疲れさまでした。お元気で」

日本から同行した同僚たちと最後の挨拶を交わす。彼らはこの後一泊して、日本へまたトンボ返りだ。そんな後ろ姿を見送って歩は不思議な感慨に包まれた。

――いよいよなんだ。

ひとり現地に残る実感がじわじわとこみ上げてくる。

今すぐ走り出したい気持ちを抑え、二年前と同じように真紅の絨毯《じゅうたん》が敷き詰められた白大理石の大階段を踏み締めた。

素晴らしい作品たちが出迎えてくれるのに脇目もくれず、彼の待つ部屋へと急ぐ。この辺りは来館者が疎らなのをいいことに廊下を闊歩《かっぽ》する足はどんどんと速くなり、最後にはとうとう駆け出していた。

あの角を曲がれば。あの部屋を越えれば。

息せき切って駆けこんだ小さな展示室、その中央――はじめて会った時と同じように眩しく輝くミハイルがいた。

夜を一滴垂らしたような濃紺の軍服に身を包み、凜と立つ姿からは神々しささえ感じられる。まっすぐこちらを見つめるペールブルーの瞳は息を呑むほど美しく、迷いや悩みをふり捨てた清々しい表情によく似合っていた。

「アユム」

そんな彼がこの名を呼ぶ。自分を呼んでくれている。

「ミハイル様……！」

気づいた時にはまっすぐに胸に飛びこんでいた。

「ミハイル様、ミハイル様……ミハイル様……！」

力いっぱいしがみつく。それでもまだ足りなくて、会えたことをもっともっと確かめたくて、歩は軍服の胸にグリグリと額を擦《こす》りつけた。夢にまで見たミハイルがここにいる。こうして抱き締め合っている。それだけで胸がいっぱいで言葉がなにも出てこない。

彼も同じ気持ちなのだろう。背中に回された腕にぎゅうっと力が籠もるのを、ただただよろこびとともに受け止めた。

どれくらいそうしていただろう。

静かに腕の力をゆるめたミハイルにポンポンと背中を叩かれる。

「アユム。大丈夫だ。私はここにいる」

少しだけ身体を離して見上げると、そこにはやさしい目をしたミハイルが微笑みながらこちらを見ていた。

「こうして会うのは久しぶりだな。数日前まで、絵を通して話してはいたが」

「はい。……って、そういえば肖像画、まだ梱包を解かれていないんじゃ……？」

それでも絵の中から出られるものなんだろうか。

不思議に思って訊ねてみると、ミハイルは「待てなかったのだ」と苦笑した。

コンテナから出され、梱包を外され、専任スタッフによる入念な状態確認が終わるまで作品は展示室に戻ってこない。せっかく歩がここにいるのに、さらに数日ロスするなんて耐えられないとミハイルはあっけらかんと肩を竦めた。

「宮殿の中まで入ることができればこちらのものだ」

「まったくもう。あなたって人は……」

顔を見合わせてくすりと笑う。再びどちらからともなく腕を伸ばし、お互いを強く抱き締め合った。

「またこうして、おまえを腕に抱ける日が来るなんて……」

頭上からため息のような声が降ってくる。

「だが、ほんとうに良かったのか」

「え？」

「おまえは自分の仕事に誇りを持っていたはずだ。生き生きと働くおまえの姿を誰よりも傍で見ていた。私はまた、おまえに辛い思いをさせているのではないか」

自分のせいで未来を潰してしまうのではと、レナートのことを思い出しているのだろう。

だからこそ、歩は笑顔で首をふった。

「人生は、なにもかもは選べない。ほしいもののためには、手にあるなにかを捨てなければならないことだってあります。それを承知の上でぼくはここに来ることを選びました。あなたと一緒にいるために」

「アユム……」

ミハイルの双眼に熱が籠もる。

「それがどういう意味か、訊ねてもいいか。おまえの口から聞きたい。聞かせてくれ」

食い入るような眼差しにこのまま呑みこまれてしまいそうだ。ドキドキと高鳴る鼓動を感じながら歩はまっすぐにミハイルを見上げた。

「ここを去る前の日、ミハイル様に約束しましたよね。きっとまた来ますって。……あの時のぼくはグラッキー展を成功させることで頭がいっぱいで、それが自分の使命なんだと自分に言い聞かせていたんです。だから、企画展が無事に終わったら、また休みを取ってここに来ようって」

けれど、喪失感は日を追うごとに強さを増した。心にぽっかりと穴が開いたようになり、ミハイルのことを思い出しては自分たちを隔てる距離に絶望するばかりの毎日だった。

「ミハイル様はどうしているだろうって、そればっかり……」

「私もだ。この二百年、おまえを想わなかったことはない」

その言葉の重さを噛み締める。

二年でもこんなにも苦しかったのに、会える保証すらない状態で、百倍もの時間を彼はたったひとりで耐えていたなんて。

「ミハイル様はなんて強いんでしょう」

「諦めが悪いだけだ。こと、おまえに関しては」

ミハイルが元気づけるようにそっと二の腕をさすってくれる。

それに励まされながら、歩は思い出をなぞり続けた。

「ミハイル様が肖像画と一緒に来てくださった時、すごくうれしかったんです。精神的に参っていて、でも企画展だけは成功させたくて、どんどん気持ちに余裕がなくなっていて……そんな時、あなたが傍にいてくださってどれだけ心強かったことか……」

それなのに、顔が見たいと思ってしまった。ミハイルに触れたいと思ってしまった。

「叶わないとわかっているくせに、ほしいと思うなんて我儘ですよね。あなたのことじゃなかったら、こんなに貪欲《どんよく》にはならなかったと思います」

「アユム」

「ぼくは、あなたがほしい」

「……っ」

ミハイルが息を呑んだ。

目を瞠り、眉を引き絞り、信じられないものを見るような、それでいて強く信じたいというようにじっとこちらを見据えてくる。

「あなたを愛しています。離れてみて、自分がどれだけあなたを必要としているかを思い知りました。これ以上離れてなんていられない、だからすべてを捨ててここに来ました。ずっと傍にいたいんです。あなたといたい」

「アユム！」

息もできないほど強い力で抱き寄せられる。全身がミハイルの香りに包まれて不覚にも涙がこぼれそうになった。

「アユム。アユム……あぁ、こんな日が来るなんて。おまえに愛される日が来るなんて。私を愛してくれるのか。私を求めてくれるのか」

「はい。ミハイル様だけを」

「私のアユム。愛している」

そっと右手を取られ、手の甲に誓いのキスを落とされる。

「何度でも誓おう。おまえに永遠の愛を捧げる」

「ぼくにも誓わせてください。あなただけを愛し続けると」

節くれ立った右手を取り、同じように想いをこめてその甲へとくちづけた。

「これから、ずっと一緒にいられるのだな」

「……おかえりって、言ってくれますか？」

ミハイルは目を細め、泣くのをこらえるように眉間に深い皺を寄せる。同じ気持ちだ。言葉にせずとも目を見つめるだけでお互いの想いのすべてがわかる。

あらためて両腕を広げられ、歩は自らの足で最後の一歩を踏み出した。

「おかえり。アユム。私の希望」

「ただいま、あなたの元に戻りました。ミハイル様」

静かにミハイルの顔が近づいてくる。

やっと願いが叶うのだ。

やっと想いが届くのだ。

唇に落とされる誓いのキスを、歩は万感の思いで受け止めた。


連れていかれたのは、かつてミハイルが私室として使っていた部屋だった。

懐かしさを覚えたのも束の間、ドアを開けた途端、噎《む》せ返るような花の香りがふたりを包む。不思議に思ってミハイルを見上げると、彼は肩を竦めながら「ちょっとした演出だ」と片目を瞑った。

「力を使ったんですね。どうりでこの花……」

「私たちが結ばれる場所だ。ふさわしく飾らなくては」

豪華な天蓋《てんがい》つきのベッドも、金細工を施された豪奢《ごうしゃ》な家具もなにもかもがあの頃のまま、至るところに真っ白な花が飾ってある。レナートが好きだった花だ。庭を散歩していた時に見つけたと言ってなにげなくミハイルが摘《つ》んできてくれたその花が、自分にはなによりの宝物だった。

「覚えていてくださったんですね」

「忘れるものか。宮殿の庭にこの花が咲くたび、おまえのことを思い出していた」

抱えきれないほどの花の波に顔を埋め、胸いっぱいに愛しい香りを吸いこむ。そうしてミハイルと顔を見合わせ、あふれるしあわせを噛み締めた。

花が枯れるように一度はすべてを失った自分たち。

今ようやく、積年の想いを成就させることができる。

「おいで。アユム」

先にベッドに腰を下ろしたミハイルが大きく両腕を広げた。

あらためてそう言われるとなんだかとても照れくさい。一歩踏み出すごとにドキドキと胸を高鳴らせながらすぐ前まで歩み寄ると、彼は目を細めてこちらを見上げた。

「この日が来るのをどれだけ待ち侘びたことだろう。今もまだ夢の中にいるようだ」

存在を確かめるように腰に腕を回される。

「私の心も、身体も、なにもかもおまえだけのものだ」

「うれしい……」

回された腕に両手を添えながら、歩はそっと目を伏せた。

「ぼくの全部も、受け取ってくれますか。あなたのものになりたくてたまらない」

「アユム…！」

ペールブルーの瞳が情欲に濡《ぬ》れる。

もはや睦言《むつごと》を紡ぐ余裕もないとばかりに引き寄せられ、強引に唇を塞がれた。これまでとはまるで違う性急なキスだ。身体を倒したミハイルの上に乗り上げるようにしてふたりはベッドに縺《もつ》れこんだ。

「ん、……ふ、っ……」

唇を触れ合わせ、擦り合わせるようにされて、くすぐったさだけではないなにかが胸の鼓動を高鳴らせる。顎《あご》の下をやさしくくすぐられて思わず唇を解いた瞬間、それを待っていたように熱くぬるりとした舌が潜りこんできた。

「んんっ」

条件反射に身体が竦む。無意識のうちに逃げを打ちそうになっていたのだろう。腰を引き戻され、舌先で口蓋《こうがい》をくすぐられた。

「んっ、…ん、んんっ……」

ざらざらとした舌で咥内《こうない》を探られたかと思えば舌先でつつかれ、舌同士を擦るようにされて、ぞくぞくとしたものが背筋を這う。緊張に縮こまっていた歩の舌はあっという間に引き出され、甘い唾液《だえき》を塗《まぶ》された。

一度だけ、ミハイルとキスをした。あの時ですら酩酊しそうになったのに、今なら彼はだいぶ手加減してくれていたのだとわかる。何度もくり返しているうちに鼓動は速まり、代わりに意識は緩慢になった。

そんな歩を胸の上に乗せたまま、ミハイルの大きな手がゆっくりと背中を這っていく。ズボンに押しこんでいたシャツを引き出され、直《じか》に肌に触れられて、思わずビクリと肩がふるえた。

恥ずかしい。

それなのに、触れられることがこんなにもうれしい。

相反する思いに動けずにいると、シャツに潜りこんだ手が二本に増えた。左右から細い腰を撫で上げ、ふるえる歩の肩甲骨の形をていねいに確かめる。それからすーっと背骨を通って再び腰まで下りた手は、さらに下の方まで探索を続けた。

「あ……」

チノパンの上から尻を鷲摑《わしづか》みにされ、とっさに頬が熱くなる。理性がもたらす羞恥《しゅうち》と、それを上回る期待に為す術もなく溺れるばかりだ。ずり上がろうとするのを捕らえられ、戒めとばかりに強く首筋を吸い上げられた。

「んっ……」

「私のものだ」

ミハイルが熱の籠もった目で見つめてくる。

ならばと歩もお返しを試みたのだけれど、やり方がよくわからず、ちゅっ、ちゅっ、とくり返しているうちに「くすぐったい」と笑われてしまった。

「もっと強く吸っていい。こんなふうに」

「んんーっ」

反対側にも印をつけられ、ツキンとした痛みにまたも身をくねらせる。感じているのは痛みでしかないはずなのに、どうしてだろう、それが気持ちいいと気づいてしまった。

――食べられてるみたい……。

どこもかしこも、ミハイルのものになろうとしている。

「あ…」

気づいた時には反応していた。自身が熱く芯《しん》を持ちはじめている。

「こうしているとおまえの変化がよくわかる」

「んっ」

耳元で低く囁《ささや》かれ、耳朶《じだ》を甘噛みされてぞくぞくとしたものが背筋を伝った。

どんなに恥ずかしいと言っても離してもらえず、それどころか腰を戒めたまま下から突き上げるようにして揺らされる。服越しに下腹が擦れ、ますます膨らんでしまうのを止められなかった。

「だ、め……です……」

せめて上半身だけでも距離を取ろうとベッドに腕を突っ張るものの、自身が擦れるたびに力が入らなくなってしまう。

「かわいいアユム。ここがこうされるのは辛いのか」

「だって…、ぼく、ばっかり……」

自分だけ一方的に気持ち良くなるのは嫌だと目で訴えると、ミハイルは「それなら」と新しい提案をくれた。

「膝《ひざ》を立てて、私の身体を跨いでごらん」

言われたとおり、ミハイルの腹に手をついてそろそろと膝立ちになる。

何度もよろけそうになっては、そのたびに彼が身体を支えてくれた。大きな手に手首を摑んでいてもらえるだけでなんだか安心する。やっとのことで体勢を整えると、ミハイルが「上手だ」と褒めてくれた。

シャツを脱がされ、裸になった上半身を目を細めて見つめられる。眼差しが首筋、鎖骨、胸、鳩尾《みぞおち》と舐《な》めるように滑り降りていくほどに、視線で触れられているようで身体が熱くなるのがわかった。

「あ、んっ……」

そちらに気を取られているうちに、膨らんだ下腹に手が触れる。

「もうこんなにしていたのか」

「やっ、だめ、……そん、な……したらっ……」

大きな手で揉むように形を確かめられ、下からなぞり上げられて、歩はビクビクと身体をふるわせながら懸命にミハイルの手を押さえた。

「だめっ、このまま、じゃ、……お願い、ですから……」

下着の中で達してしまうとの懇願が聞き入れられ、ようやくのことで悪戯な手が離れていく。

けれどほっとしたのも束の間、上下を入れ替えられ、それに驚いているうちに下着もろともズボンや靴下も脱がされてしまった。

文字どおり一糸纏わぬ姿で横たわる歩を見下ろし、ミハイルが感嘆のため息をつく。

「美しい………。アユム、素敵だ」

「恥ずかしい、です……それに、きっとミハイル様には敵《かな》いません」

「ならば確かめてみるか」

ミハイルは意味深な笑みを浮かべながら自らの軍服に手をかける。前ボタンを外すたび、一枚脱ぎ捨てるたびに瞼に、唇に、胸にと甘いキスが落ちた。

そうして現れた逞しい上半身に歩はたちまち目が釘《くぎ》づけになる。

「ミハイル様……すごい、格好いい………」

「おまえに褒められることほどうれしいものはないな」

ミハイルは艶《つや》めいた笑みを浮かべると、ゆっくりと覆い被さってきた。

全身にキスを落とされ、強く吸われて、身体のあちこちに熾火《おきび》を灯《とも》されているみたいだ。肌を滑り落ちた舌先が胸の突起を掠《かす》め、歩はビクッと腰を反らせた。

そんな初心《うぶ》な反応にミハイルが小さく含み笑う。あ……、と思った時には彼の唇に甘く食《は》まれ、そのままねろりと舐《ねぶ》られた。

「やっ、……あ、っ……」

ちゅくちゅくと音を立てながら片方の乳首を舌で扱《しご》かれ、もう片方を指先で弾《はじ》かれて、知らないうちに腰がガクガクと揺れる。生まれてはじめての快感は一直線に下腹に落ち、なにをされても怖いくらい感じた。

そんな自分に、彼は次から次へと新しい快楽を教えていく。身構えることすらできず、与えられるまま受け止めるのが怖くもあり、そしてうれしくもあった。

固く張り詰めた自身を握られた瞬間、ズクン…、と一際大きな波が脳天を突き抜ける。幹を確かめるようにゆっくりと扱き上げられて、はじめて感じる他人の手の感触にどうにかなりそうになった。

「あっ、あ、……は、ぁっ……」

――ミハイル様が、ぼくの、を……。

あの美しい手が自分のものを握っている。そう思うだけで頭の芯が灼き切れそうだ。

目を閉じ、必死に快楽を逃がそうとしていた歩だったが、不意に熱くぬるりとしたものに自身を包まれ、ギョッとして瞼を開いた。

「え、え……？」

足の間にミハイルの頭がある。その口の中に自分が咥えこまれていくのを目の当たりにし、歩はこれ以上ないほど目を見開いた。

「えっ、うそ、待……、待って、あ、あ…っ……待って、ぇ……」

羞恥のあまり、とっさに立てた両膝で彼の身体をぎゅうっと挟む。

ミハイルはそれでも口淫をやめないどころか、もっとしてやるとばかりに両手で歩の膝を割り開き、これ以上ないほど左右に広げた。

一気に深いところまで呑みこまれ、じゅっと淫《みだ》らな水音を立てて舐められて、背徳感と快感の間で頭がおかしくなりそうだ。ドキドキと高鳴る鼓動に支配され、極めることしか考えられなくなる。

「だめ、も…、離して……だめ、達《い》く、達っちゃう、達っ、……あ、あぁっ……」

一際強く吸い上げられた瞬間、我慢できずに口の中に欲望を吐き出した。

それは信じられないほどの快感だった。固く閉じた瞼の裏にチカチカと星が飛び回る。

ぐったりと脱力する間にも最後の一滴まで搾り取られ、さらには先端の小さな孔に舌先をねじこまれて残っていた蜜《みつ》も舐め取られた。

「も……、待って、って……言った、のに…………」

整わない息の中、切れ切れに訴えながらようやくのことで目を開く。身体中が甘く痺《しび》れてまるで力が入らなかった。

「おまえがあまりにかわいらしくて、待てなかった」

ミハイルがお詫びに触れるだけのキスをくれる。

「それ、なら……ぼくにもさせてください」

歩はふらふらの身体で起き上がると、恋人のスラックスに手をかけた。ミハイルがくれた目眩《めくるめ》く快楽を自分もあげたかったのだ。

「無理はしなくていい」

「ミハイル様の全部をくれるって言ったでしょう」

心配そうなミハイルの頬にキスを贈ると、スラックスの前を寛《くつろ》げた。

下着の上からそっと触れただけでもその大きさが伝わってくる。熱く脈打つものを取り出してみると、それは歩より一回り以上大きく、赤黒く張り詰めていた。

「わ…」

思わずごくりと喉《のど》が鳴る。これがミハイルなのだと思うとたまらない。

「ぼくで気持ち良くなってください。ミハイル様」

丸い先端にキスをするように唇を押し当て、そのままゆっくりと含んでいく。ミハイル自身はあたたかく、張りがあってつるりとしていた。舌を這わせるたびに血液が集まってくるのか、海綿体がじゅっと膨張するのが手のひら越しにも感じられる。

自分と同じものなのに、嫌悪感などひとつもなかった。

――もっとほしい……。

欲望に突き動かされるまま勃起《ぼっき》した彼を深く咥える。さっきしてもらったことを思い出しながら舌で幹を擦るようにすると、頭上から押し殺したため息が降った。

「はっ……」

――ミハイル様が、気持ちいいって思ってくれてる。

拙《つたな》い愛撫《あいぶ》にもかかわらず、彼が感じてくれている。そう思ったらもっともっと良くしてあげたくて、歩は夢中で口淫を続けた。大きく開けたままの顎はすぐに怠《だる》くなり、疲れてきたけれど、それでもやめたいとは思わなかった。

やがて口の中に苦いものが広がりはじめる。ミハイルの先走りだ。条件反射で口の中に唾液があふれ、飲みこみ損ねたそれが雄を辿って流れ落ちる。頭を上下するたびに淫らな水音が部屋に響いた。

「アユム」

けれど、あと少しというところでなぜかミハイルに止められる。

「もういい。これ以上は」

「……下手、でした、か」

「違う。その逆だ。このままではおまえとひとつになる前に気をやってしまう」

両肩を包むようにして引き寄せられ、そのままぎゅっと抱き締められた。

「気持ち良かった。ありがとう」

ドクドクという彼の鼓動が裸の胸に直に伝わってくる。ほっとしながら顔を見合わせ、どちらからともなく唇を重ねた。

再びミハイルの手が歩の下腹に伸びてくる。一度達した後だというのにいつの間に勃《た》ち上がっていたのか、張り詰めた自身を包みこまれ、ゆるゆると扱かれて腰が揺れた。

「ふ、ぅっ……、ん、ん、……ぁっ……」

洩れ出た雫《しずく》がとろとろと幹を伝い落ちるのがわかる。

それを指に纏わせたミハイルは、ゆっくりと後孔へ手を滑らせた。

「あ…」

「おまえとここでひとつになりたい。いいか」

こくんと頷きながら、逞しい肩に額を押し当てる。

頭上から落ちてくる「力を抜いていてくれ」という声は少し掠れていて、ミハイルも昂奮しているのが伝わってきた。ほんとうは今すぐにでもどうにかしてしまいたいだろうに、受け入れるための準備をしてくれることがうれしくて、歩は緊張に強張《こわば》る身体からできるだけ力を抜くよう努めた。

後孔に押し当てられた指がゆっくりと孔をなぞる。緊張を解《ほぐ》そうとしてくれているのだろう。時間をかけて慎重に指が埋めこまれるのを歩はジリジリとした思いで耐えた。はじめは痛みと違和感しかなかったその行為も、何度も息を吸い、吐き出すことで少しずつ受け入れられるようになっていく。

立ち膝のまま中指を奥まで挿入され、馴染《なじ》んだところで、今度は人差し指も添えて二本一度に隘路《あいろ》をこじ開けられた。ゆっくりと抜き差しをくり返され、同じペースで前も扱かれて知らず知らずのうちに腰が揺れる。

慣れた頃合いを見計らって、中に埋めこまれた二本の指を左右にグッと開かれた。

「やっ…、広がっ、ちゃう……」

身体の中に空気が入ってくるのがなんだか怖い。

けれど、すでにミハイルを受け入れることによろこびを見出した身体はとろんと蕩《とろ》け、従順に三本目の指を受け入れていく。絶え間なく自身を扱かれ、達きそうになったところで後孔を突かれ、快感の波に溺れそうになっていたその時、不意に指がなにかを掠めた。

「あぁっ」

その瞬間、ビリッと強い快感が駆け抜ける。

「ここか」

「えっ？　あ、あっ…、だめ、それ、……や、ぁっ……」

ゴリゴリとそこを擦られ、強制的に波に押し上げられるようにして歩は達した。

勢いよく蜜を噴き上げながらもいまだ快感は収まらず、なおも中の指をきゅうきゅうと締めつけては次の刺激をねだってしまう。

「……限界だ」

頭上から低く掠れた声が降った。

勢いよく指が引き抜かれたかと思うと、そのまま後ろへ押し倒される。両足を胸につくほど折り畳まれ、覆い被さってきたミハイルの熱塊が後孔に押し当てられた。

「アユム。もう我慢できない。私を受け入れてくれ」

「ミハイル様……」

目と目でお互いの情欲をぶつけ合う。

腰を突き出された次の瞬間、圧倒的な質量を持った塊がググッと中に挿《はい》ってきた。

限界まで広げられた後孔はミシミシと軋《きし》みを上げながら、腰を揺さぶられるごとに大きく膨らんだミハイルの雄を呑みこんでいく。

「あぁっ、あ、……は、ぁっ……」

少しずつ、少しずつ、奥へと挿ってくる熱の塊。それまで誰も知らなかった歩の身体を内側から押し広げ、自らの形を覚えさせていく。

ズン、と最奥を突かれた瞬間、歩は出さないまま高みを極めた。

「全部入った。よく頑張ったな」

顔中にキスの雨を降らされ、うれしさで胸がいっぱいになりながら微笑み返す。

「苦しいだろう。もう少しこうしていよう」

自分の身体を慮《おもんぱか》ってくれる恋人に愛しさを募らせながらも、歩はふるふると首をふった。彼を受け入れている場所は熱を孕《はら》んで苦しいくらいだけれど、それでももっともっとミハイルを感じていたかった。

「お願い、動いて……」

「アユム」

「もっと、ミハイル様がほしいです」

耳元で囁くと、中のミハイルがさらに一回り大きくなる。

「おまえ、は……」

「んんっ」

噛みつくようなキスとともに腰を抱え直したミハイルは、ギリギリまで自身を引き抜いたかと思うと最奥目がけて勢いよく突き入れた。

「あんっ」

パン！　という乾いた音が鳴る。尻と下腹がぶつかる音だ。それほどまで、深々と彼を受け入れているのだと思うと信じられないほど昂奮した。

――ミハイル様がいる。ぼくの中に、挿ってる……。

「アユム……」

「あ、あ…、あぁっ……ミハイ、ル、さま、ぁ……」

「アユム……アユム……」

もうなにも考えられない。ひとつになっている、そのよろこびだけで満たされる。

「あぁ。おまえの中はとても気持ちがいい。もっていかれそうだ……」

満足げなミハイルにキスで応えると、歩は自分の両足を恋人の腰に絡めた。

「もっと…、もっと、してください」

「あぁ。何度でも。一晩中おまえと愛し合いたい」

「ミハイル様……」

大きなストロークを描いていた抽挿はやがて小刻みなピストンになり、奥へ奥へと吸いこまれていく。太く張り詰めたものでくり返し奥を突かれ、ビリビリと痺れるような深い快感に包まれた。

ミハイルも限界が近いのだろう。頭の上からは時折汗に混じって切羽詰まったため息が降った。

「達きそうだ。おまえの中に出すぞ」

「はい。ください……ミハイル様の、全部……」

見返した美しい双眼には赤裸々なほどの欲望が浮かんでいる。すべて自分に向けられたものだ。自分だけをほしがってくれている目だ。だから歩も包み隠さず欲望のすべてをさらけ出した。

「……あっ、……また、達く……ミハイル、さま……達っちゃ、う……」

「いいぞ。合わせてやる」

「あ、あ、あ…、……い、く……だめ、だめ、ミハイルさま、ミ…、ハイ、あぁっ……」

「……く、っ……」

最奥深くまでねじこまれた切っ先が一瞬動きを止め、次の瞬間、熱いものが叩きつけられる。内側から濡らされるはじめての感触に歩は深く感じ入り、身をふるわせた。

自身も激しく頂点を極めたものの、二度の射精で出すものはもうほとんどなく、白濁がとろとろと幹を伝う。

「はぁっ…、……は、…ぁっ……」

まるで全力疾走した後のようだ。激しく胸を上下させる歩に、ミハイルが満足げな顔でキスを落とした。

「最高だ。アユム」

「ぼく、も……気持ち、良かったです……」

「ずっとこうしていたいが」

ミハイルが名残惜しそうにトントンと最奥を突く。今しがたの熱がぶり返しそうで小さく呻いた歩にキスをすると、彼はゆっくりと己を引き抜いた。

その途端、中に出された白濁がとぷとぷとあふれて尻を伝う。

「も…、おわ、り……？」

訊ねる歩に、ミハイルは「まさか」と首をふる。

「少しだけ待っていてくれ」

恋人はスラックスや下着、靴下をまとめて脱ぎ捨て、文字どおり一糸纏わぬ姿になるともう一度覆い被さってくる。

「一晩中抱き合うなら、邪魔なものはないに限る」

「もう。ミハイル様ったら」

キスをしながら両足を開かされ、ぬかるんだそこに再び楔《くさび》を打ちこまれる。さっきまでつながっていた身体はなんの抵抗もなくミハイルの雄を受け入れた。

ずぶずぶと奥まで一息に挿入され、思わず感嘆のため息が洩れる。

「あ、ぁ……、気持ち、い……」

「ふふ。私が挿っているのが気持ちいいのか。それならもっと、な」

「んっ」

深々とつながったまま、背中を支えられるようにして身体を引き起こされ、胡座《あぐら》をかいたミハイルの上に乗り上げるような格好になる。するとたちまち自分の重さでさらに深いところまで彼を受け入れてしまい、歩は無意識のうちに中を激しく蠕動《ぜんどう》させた。

「アユム。煽《あお》りすぎだ」

「知、らな……だって、ミハイル様が、そこ、ばっかり……」

「そうか。おまえは奥が好きか」

「やっ、だめって…、言った、のにっ……」

両手で腰を押さえながらガツガツと下から穿たれ、さらにさらにと奥へ潜りこむ雄から頭をふって快感を逃がそうとする。けれど腰を前後に揺さぶられ、思いもかけない角度で中を抉られて、歩は啜り泣きながら愉悦に惑うしかなかった。

「ミハイル、さま、ぁ……」

「かわいいアユム。愛している」

「ぼく、も……」

上から覆い被さるようにしてキスを交わす。

ラストスパートに向けてミハイルが腰を突き出すと、これまでにないほど奥まで切っ先がめりこんだ。

「ふ、かい……あぁ、すごい……ミハイルさま、が…、ここまで、挿ってる……」

下腹部を撫でると、ミハイルもうれしそうに目を細める。

「もっとだ、アユム」

「だめ……、そんな……抜けなく、なっちゃう……」

「そうしたらおまえとずっとひとつでいられるな」

「も…、あぁっ……」

トン、と軽く一突きされたかと思うと、次の瞬間、猛然と追い上げがはじまった。

息つく間もなくガンガン穿たれ、下から激しく突き上げられて、歩はしがみつくことしかできない。彼の放った白濁が洩れ出てぐちゅぐちゅと音を立て、泡を作った。

「ミハイル、さまっ……ミ…、ハイ……さ、……あ、あああぁっ……」

「アユム……！」

もう何度目かの高みを極める。

それとほぼ同時に、身体の一番奥で再びミハイルの欲望を受け止めた。熱い濁流は彼の想いそのもののようだ。吐精は断続的に長く続き、そのたびに歩は濡らされる快感に酔いしれた。

荒い呼吸をくり返しながらミハイルの肩に身体を預ける。あまりに過ぎた快楽に、すぐには戻ってこられそうもなかった。やさしく髪を梳いてくれるのにうっとりしながら目を閉じる。髪に、頬に、そっとキスが落ちるのを笑みとともに受け止めた歩は、ようやくのことで顔を上げた。

「大丈夫か。無理をさせたな」

「いえ…、ぼくが……」

話している途中でケホッと咳《せ》きこむ。気づけば声も嗄《か》れてしまっていた。

「おまえの声がかわいくて、啼《な》かせすぎたな。ずいぶん煽られた」

「あ…、煽ったのはミハイル様ですよ。ぼくがどれだけ翻弄《ほんろう》されたかっ……」

ミハイルがふっと含み笑う。

「そういうことにしておこうか。無意識なおまえもたまらないからな」

「なん……、んっ……」

反論しようとした刹那《せつな》、ゆらりと身体を揺すられた。まだ中に挿ったままのミハイルを意識させられ、さっきまでの熱の余韻がぶり返す。

「だめ、ですよ……すぐは、無理……」

「わかっている。朝が来るまで、何度も愛し合うためのペースというものはある」

口ではそう言いながらも彼の目は正直だ。「今すぐにでもがっつきたい」と訴えているのを見て歩はついつい笑ってしまった。

こんなにも全身全霊で求められ、あるがままを受け止めてもらえて、これ以上しあわせなことはない。こんな快楽をわかち合ってしまったら離れられるわけもない。

「あぁ、もう……どうしてこんなに好きなんでしょう」

「アユム？」

「愛してます。ミハイル様。すごくすごく、愛してます」

ミハイルが一瞬目を瞠る。

けれど言葉を返すより早く、中にいた彼自身がグッと体積を増して応えた。

「もう！　どこでお返事なさるんですか」

「私を煽ったおまえが悪い」

「えっ、煽ってな…、ちょ、……あ、うそ、待っ……んんっ……」

再びゆるやかな突き上げがはじまる。

あっという間に終わってしまった休憩と、夜通し続くだろう蜜事に、歩はあえかな声を上げながらとろとろと溺れていくのだった。


あれから半年が過ぎ、真っ白な雪がすべてを覆い尽くす頃――。

バタバタと廊下を駆けてくる足音にミハイルは驚いて顔を上げた。

近づいてくる気配は間違いなく歩のものだが、元キュレーターともあろう彼が美術館の廊下を全力疾走するなんて信じられない。

首を傾《かし》げていると案の定、足音は小さな展示室の前で止まった。

「ミハイル様！」

明るい声とともに恋人が息せき切って駆けこんでくる。そのままの勢いでミハイルの胸に飛びこむと、目をきらきらと輝かせながら満面の笑みでこちらを見上げた。

「ミハイル様、聞いてください！」

「どうしたというのだ。そんなに慌てて……」

「ぼく、ここに就職することになったんです。ぼくを雇ってくれるって！」

「それはほんとうか」

思いがけない佳《よ》い報《しら》せにミハイルもまた声を弾ませる。

「ニコライがかけ合ってくれたんです。あ、ニコライっていうのは、グラッキー展の時に窓口を担当してくれた人で……」

「あぁ、この間おまえと話していた若者だな」

「はい。そのニコライが、ぼくのキャリアを上に話してくれて、試験や面接を受けさせてくれたんです」

運良く欠員補充を行おうとしていたタイミングだったのだそうだ。通常は現地の人間を雇うそうだが、ルーシェ美術に理解があり、かつ研究熱心との推薦を受けて歩も挑戦したのだという。

「そんなことをしていたのか。話してくれても良かっただろうに」

「だってびっくりさせたかったんですもん」

　歩が悪戯っ子のように笑う。

「それに、試験に落ちたらがっかりさせてしまうかと思って。ミハイル様が力を使ったりしてもいけないですし」

「私の出る幕などないだろう。おまえの素晴らしさは私がよくわかっている」

　そっと額にくちづけを落とすと、歩は「へへ…」と照れくさそうに、それでいてうれしくてたまらないように目元をゆるめた。

「私と添い遂げるために大切な仕事を辞めたおまえが、ここで再びその職を得るのだな。アユムは私の誇りだ。ほんとうに良かった」

「ミハイル様によろこんでもらえてぼくもうれしいです。来月からは、職員として堂々とここに通えますね」

　これまでは一鑑賞者だった歩が、これからはスタッフになるのだ。

「ならば、おまえが困ることのないよう、私もできる限りのサポートをしよう」

「ありがとうございます。でも、あの…、サポートって……？」

「実体がなくともできることはたくさんある。任せておけ」

　なにせ、ここで過ごした時間は二百年だ。

　おかげで隅々まで把握している。増改築をくり返したことによる複雑な建物の構造も、展示されている作品も、果ては収蔵品や地下に棲《す》む猫の数まで知り尽くしているのは自分ぐらいのものだ。アートガイドをした時以上に役に立つことができるだろう。

かくして研修を終え、長い冬が明ける頃、歩はルーシェ美術館の正式なキュレーターとなった。

そしてミハイルが予想したとおり、毎日のように迷子になった。

ただでさえ広大な敷地面積を誇る上、あちこち入り組んだ造りになっているため、どのスタッフも赴任してしばらくは行ったり来たりする羽目になる。歩も例に洩れず「え？」「あれ？」「嘘でしょ？」と頭を抱えることになり、そんな時は近道を教えてやった。

またある時は、歩のアートガイドにも同行した。

ツアー客を装って彼の熱心な説明に耳を傾け、気づいた歩を噴き出させたこともある。

「誤魔化すの大変だったんですからね！」と後でこってり叱られたのもいい思い出だ。

彼が論文を書く際には時代考証のアドバイスを、ルーシェ語を学びはじめた彼には講師となってレッスンを、様々に立場を変えながら恋人を支えることが楽しくてたまらない。

二百年分のしあわせを凝縮したかのような毎日はよろこびで満ちあふれた。

その日も、一日の仕事を終えた歩が展示室に立ち寄ってくれる。

窓から夜空を眺めながらふたりで過ごすのが日課になった。彼が一来館者だった頃にはできなかったことだ。

「今日はずいぶん忙しそうだったな。疲れたろう」

そう言ってベンチに招くと、歩は身体を寄り添わせながら隣に座った。

「でも、ミハイル様が応援してくれましたから」

「そうか。伝わったか」

「はい。とっても」

触れたところからじんわりと伝わってくる彼のぬくもりが愛おしい。何度味わってもそのたびに噛み締めてしまう、かけがえのないしあわせの温度だ。こうして凭れる彼を腕に抱きながら、その日の出来事に耳を傾けるのがなにより楽しい時間だった。

「今日は、来月のギャラリーコンサートの下見に来られたデュオのおふたりをご案内したんです。そうしたら片方は大階段で歌いたい、もう片方は玉座の間で歌いたいって意見が分かれて揉めちゃって……。その最中にイタリアから来たご夫婦に作品解説を頼まれるし、スペインから来たおじいちゃんには道案内を頼まれるし、そうこうしてるうちに、今度はルーシェ小学校の社会科見学がはじまっちゃってもう……」

歩が笑いながら顔を覆う。

「身体がいくつあっても足りない一日だったな」

「ほんとうに。それに、世界各国の言葉が飛び交うと頭の中がわーっとなります。楽しいですけどね。いろんな人と話すのはいい刺激にもなりますし」

ルーシェに移住してからというもの、一日のほとんどを美術館の中で過ごす彼は言わば自分と似たような生活スタイルだ。休みともなれば観光名所を訪ね歩いたり、運河クルーズを楽しんだりなど、やりたいこともあるのではないかとふと気になった。

「アユム。どこか行きたいところはないのか」

「へっ？」

あまりに突拍子もない質問に聞こえたのか、歩がきょとんと首を傾げる。

「えぇと……今は正直、ルーシェのことで頭がいっぱいで。でも、もしどこかへ行くならその時はミハイル様も一緒ですよ。絵の中に入れるってわかったし、頑張れば他のものにも憑依できるかもしれませんしね」

「いや、あれは苦肉の策だったのだが……」

歩にとっては手軽な移動手段といったところか。アグレッシブな恋人につい噴き出すと、歩はうれしそうに「どこへだってお連れしますよ」と胸を張った。

歩とともに街へ出られたらどんなに楽しいだろう。国も飛び出し、その勢いで世界中を飛び回れたら――――そんな想像を巡らせながら瞬く星を見つめていた時だ。

「でも…」

ためらいがちな呟きが洩れる。

「あなたを連れていけないところがひとつだけある。それがぼくには怖いのです」

「今はこうして一緒にいられても、きっとまた、ぼくはあなたを置いて逝くんですよね」

「アユム……？」

その横顔が寂しげに歪んだ。

不死の生きものである自分とは違い、彼は生身の人間だ。己の寿命が尽きた後、相手をひとり残すことへのやりきれなさを噛み締めているのだろう。

「おまえはやさしいな」

「だって！」

「心配するな。その時が来たら、ふたりで逝こう」

自分が不死でいられるのは、力で維持しているからだ。つまり、自分の意志ですべてを終わらせることができる。歩を看取って自分も死ぬ。とうに覚悟ならできている。

そう言うと、歩は目にいっぱい涙を溜めて、それでもきれいに笑ってみせた。

「あなたって人は、ほんとうに……」

「私はおまえが悲しむことは決してしない。知っているだろう？」

そっと引き寄せ、髪の上からくちづける。歩の方からも腰に手を回してくれたのがうれしくて、ミハイルはもう片方の手をやわらかな頬に添えた。

「健やかなる時も、病める時も……」

恋人の目から真珠のような涙がこぼれ落ちる。

「よろこびの時も、悲しみの時も、富める時も、貧しい時も……アユムを愛し、アユムを敬い、アユムを慰め、アユムを助け、この命のある限り真心を尽くすことを誓う」

「ミハイル様……」

「おまえも、私に誓ってくれるか」

「もちろんです。誓います。この命のある限り」

ぽろぽろと伝う雫ごと愛しい唇にくちづける。涙の味のするキスは生涯忘れ得ぬ誓いとなった。

「愛している。アユム」

「ぼくもです、ミハイル様。ずっと一緒にいてくださいね」

「あぁ。ずっとな」

想いをこめて見つめ合う。

希望という名のしあわせを胸に、ふたりはどちらからともなく瞼を閉じた。

あとがき

　こんにちは、宮本れんです。

『二百年の誓い～皇帝は永遠の愛を捧げる～』お手に取ってくださりありがとうございました。アートを軸としたヒストリカルロマンス、お楽しみいただけましたでしょうか。

　お話の舞台は東京と、ルーシェという架空の国のダブルセットです。東京では美術館を舞台にしたお仕事もの、ルーシェでは宮殿を舞台にした身分差恋ということで、どちらも楽しく書かせていただきました。

　実は一年前、ひょんなことから美術関係の資格を取ることになったのですが、勉強するうちに「キュレーター」というお仕事のおもしろさにすっかり魅了されてしまいまして。私自身は小さな頃から絵を描くことが好きで、美術関係に進んだものの、『見せる』立場になったことはなかったので、多岐に亙る仕事の内容やアート業界外とのつながり、多くの工夫やご苦労を知るうちに「これは書かねば！」という気持ちになったのでした。

　ちなみに、作中に出てくる孔雀宮のモデルはサンクトペテルブルクにある世界三大美術館のひとつエルミタージュ美術館、東京ナショナル美術館は国立新美術館がモデルです。

グラッキーの人物像は私の創作ですが、画家としてはレーピンをイメージしていました。個人的にも心惹かれる画家のひとりです。

本作にお力をお貸しくださった方々に御礼を申し上げます。

うっとりするような素敵なイラストで作品を飾ってくださいましたタカツキノボル先生。デビュー前からのファンでしたので、今回ご縁をいただけて天にも昇るような心地です。麗しいミハイル、芯のある歩、私の宝物です。ほんとうにありがとうございました。

取材にご協力くださいましたT様、Y様。現場ならではの視点を教えていただき、大変参考になりました。細かなところまで相談に乗ってくださりありがとうございました。

心強くサポートしてくださいました担当F様。今回もたくさんの気づきをありがとうございました。とても助けられました。今後ともどうぞよろしくお願いいたします。

最後までおつき合いくださりありがとうございました。

それではまた、どこかでお目にかかれますように。

宮本れん

本作品は書き下ろしです。

ラルーナ文庫

この本を読んでのご意見・ご感想・ファンレターなどお待ちしております。〒111-0036 東京都台東区松が谷1-4-6-303 株式会社シーラボ「ラルーナ文庫編集部」気付でお送りください。

二《に》百《ひゃく》年《ねん》の誓《ちか》い ～皇帝《こうてい》は永遠《えいえん》の愛《あい》を捧《ささ》げる～

2021年9月7日　第1刷発行

著　　者｜宮本《みやもと》れん
装丁・DTP｜萩原 七唱
発 行 人｜曺 仁警
発 行 所｜株式会社 シーラボ
〒111-0036　東京都台東区松が谷 1-4-6-303
電話　03-5830-3474／FAX　03-5830-3574
http://lalunabunko.com
発 売 元｜株式会社 三交社（共同出版社・流通責任出版社）
〒110-0016　東京都台東区台東 4-20-9　大仙柴田ビル 2 階
電話　03-5826-4424／FAX　03-5826-4425
印刷・製本｜中央精版印刷株式会社

ISBN978-4-8155-3261-1